光文社文庫

さよならは祈り　二階の女とカスタードプリン

『GIプリン』改題

渡辺淳子

光　文　社

さよならは祈り

二階の女とカスタードプリン

Prayer For You;
my memory of a woman upstairs & custard pudding

さよならは祈り

二階の女とカスタードプリン

Contents

第1章

　拝啓　突然このような手紙を出すことをお許しください。私は横須賀市で自営業をしております山中健という者です。今年六十二歳になりますが、滋賀県大津市で生まれ、出生時はKentと名づけられていました。私は両親を知らず、神奈川県中郡大磯町にあるＥホームという児童養護施設で育ちました。母は日本人、父はアメリカ人です。両親に関する唯一の手がかりは、服部様の住所と名前の書かれたお守り袋です。昭和四十三年に一度その住所を訪ねたのですが、もう服部様はおられませんでした。

　若いころ、自分なりに母親を探してみましたが、見つけることはできませんでした。あきらめ、そのまま人生を忙しく過ごしていたのですが、この春再び、思い切ってそちらの住所を人に調べさせ、ご連絡した次第です。

　服部様は私の母のことを、ご存知ではないでしょうか。ご迷惑なのは重々承知です。けれどもしこの世に母がまだ生きているならば、一目でいいから会いたいのです。どんなことても結構です。おしえてください。どうか私の望みをかなえてくださるよう、お願い申し上げます。

敬具

山中健

九月一日

服部勇（いさむ）様

平成二十七年（二〇一五）九月

あぶちゃんをつけられた兄の鼻先に、肉片をスプーンで運ぶ。うつろな視線を宙に向けていた兄・正一は、煮込みのにおいを嗅ぐと、反射運動のように口を開けた。

「どや。うまいやろ」

おれの気持ちが届いたか、正一は生きることを思い出したようだ。八十一歳にしては珍しく十八本も残る自分の歯で、肉を嚙み砕き始めた。トイレの仕方や風呂の入り方を忘れた兄も、舌の記憶までは失われていなかった。

兄が特別養護老人ホーム「湖国の郷」に入所して約一か月。認知症を呈し、途方に暮れていた正一を見つけたのは、久しぶりに兄宅を訪問したおれだ。遠方に住まう兄のふたりの息子たちは、独居の父親の様子をろくに見ていなかったらしい。「電話ではまともやった」という言い訳を、将来うちの娘も同じ釈明をしそうだと思いながら聞いた。おれももう七十四歳。三日にあげず面会に来てしまうのは、心配というだけでなく、兄に自分の将来を重ねてしまうからだろう。

「お、すごい。食べてはる」

テーブルの向かいで、他の老人の食事介助をしていた鮒江がつぶやいた。彼はまだ二十代と思しき男性ヘルパーである。

「服部さん、食べることを忘れたみたいやったのに」

ここに移った当初、正一は「家に帰る」と何度も騒いだ。なだめすかしているうち、おとなしくなったが、食欲も失せた。するとこのままでは命にかかわると、胃ろうを造る話が医者から出た。

無理せず自然に任せたい甥たちに賛同はするが、座して死を待つのは抵抗がある。思い出深い食事なら受けつけるはずだ。そう考えたおれは、自分の手料理を持参したのだ。

目論見は見事に当たった。今目の前にいる正一は、肉の脂で唇を光らせ、あぶちゃんに煮汁やゼラチンをこぼしながら、肉やにんじんを食んでいる。

「いっぱい作って来たさけ、どんどん食うてくれ」

いろいろあったけれど、やはり慣れ親しんだ味は違うのだろう。生命力を取り戻したかのような兄の姿に、おれは舞い上がった。

「どや、君も食べてみんか？」

うれしくて、思わず鮒江に声をかけた。

「ありがとうございます。お気持ちだけいただいておきます」

「ほんま食べられてよかったですね。お兄さんはスジ煮込みが好きやったんですか？」

そこへ小野が割って入ってきた。彼女はアラ還くらいの、ベテランヘルパーだ。

「まあ、おふくろの味やね。小野さん。どや、ちょっと味見してみんか？」

「私、肉の脂を食べると、胃にくるんですよ」

小野は軽く腹を押さえ、首を横に振った。

そりゃそうだ。「お心づけは辞退」の実践というより、こういう関係で手作り惣菜を味見するヤツなどいるはずがない。

と、背後から誰かにタッパーをのぞき込まれた。見れば、先週入ったばかりの北原なつというヘルパーだった。無造作に結わえた茶色い髪をロバのしっぽのように背中に垂らし、きれいに化粧をした、まだ介護に不慣れな若い女性だ。

「おいしそう」

言うや否や、彼女はぬっと手を伸ばし、タッパーの中にあるスジ肉のかたまりをひとつ指でつまむと、パクッと口に入れた。

「北原さん、ちょっと！　そんな、素手で！」

「うん、おいしい。お肉がプリプリしてるー」

北原は指をなめながら、輝いた目をおれに向けている。

「……そらよかった」

「味つけ、バッチリ」

「北原さん！　その手をすぐに洗ってきてちょうだい！」

小野が目を吊り上げ、新人をにらみつけた。おれに向かってOKマークを指で作ってい
た北原は、「おお怖」といった仕草で肩をすくめ、水栓のある方へと駆けて行く。小野の
金切り声に、向こうの方にいるスタッフもこちらに注目している。

「申し訳ありません、服部さん。あの子、接遇研修は受けてるはずなんですけど」

「最近の若い子は、しょうがないですねえ」

恐縮する小野に、まだ十分若い鮒江が偉そうにかぶせた。確かに友人間でやるような遠
慮のない行為には面食らったけれど、おれは悪い気はしなかった。

「いや、まあ……。かまへんよ、別に。料理もほめてもらったし」

北原はあとで小野にこっぴどく叱られるのだろう。そして嫌になって、間もなく退職。

目に見えるようだ。ああいったタイプに、こういう地味なサービス業は難しいに違いない。

気を取り直し、兄に食事をさせていると、小さな会話が耳に入った。

「しゃあない子やなあ」

「北原の家、いろいろ複雑らしいですよ」

顔を上げると、鮒江が小野にささやいているところだった。同時にふたりと目が合う。

おれはなにげなく視線をそらし、兄の口にお茶の入った吸い飲みを含ませた。

「湖国の郷」までは大津市街から比叡山(ひえいざん)に向かって、新しく造設された道路を延々と走らされる。人家もほとんどない山道を車で行くのは、ちょっとしたドライブ気分だ。

午前十一時前。今日も面会に訪れたおれは、広い駐車場の一角に車を停めた。陽差しに秋の気配を感じる。山の空気がさわやかだ。

深く息を吸いながら建物に向かって歩いていると、しゃがんだ丸い背中が、駐輪場の一番奥の陰に見えた。

ゆっくりと近づいた。だんだん大きくなる黒いTシャツの背は肉づきもよく、ロバのしっぽが垂れている。

「こんにちは」

声をかけると、北原はびっくりしたように振り向き、指に挟んでいた煙草を落とし、隠すように靴で踏みつけた。夜勤明けなのか、化粧っ気がまったくない。

「なんや、服部さんか。あー、びっくりした」

「なんやとは、ごあいさつやな」

「ごあいさつって、なに？」

「相手の失礼なもの言いに、『いいあいさつをしてくれたね』て、嫌みで返すことや」

北原は表情を変えず、「へえ」と応じている。理解したのかどうなのか、わからない。

「二十歳過ぎとるんやろ。煙草、消さんでもよかったのに」

「ほんまは、喫煙所で吸わなあかんねん」

北原は素直に白状し、ニッと笑った。その弾力のありそうな白い頬は、まるで剝きたてのゆで卵のようにつるりとしている。

「最近はどこも厳しいからなあ」

「小野さんは禁煙せえて言うねん。せめて蒸し煙草にしろとか。でも無理やねんなあ」

ベテラン愛煙家のようにつぶやき、北原は目の前の急斜面の繁みへ吸い殻を投げ捨てた。

「こらっ、山火事になるぞ」

「いっつもほかしてるけど、大丈夫やで」

あきれた娘だ。まだそこまで空気は乾ききっていないが、めったなことにならないよう祈るしかない。

「……火事になったら、兄貴を入れる施設、また探さんとあかんがな」

悪びれない北原に、仕方なく冗談めかして言った。

「その前にお兄さん、焼け死ぬかも」

「おいおい。そんな他人事みたいに言わんといてくれよ。ヘルパーなんやから、ちゃんと助けたってくれ」

「ははっ。わかりました。一番にお助けしますっ」

北原は急にかしこまって言ったかと思うと、「この建物燃えたら、またあたし、就職活動せなあかんなあ」と間延びした声で続けた。ふざけているのか、いないのか。まったくこの娘には、調子を狂わされる。

「……夜勤明けか？」

気を取り直して話題を変えた。今日は一応、北原に用があった。

「そう」

「こんな時間まで、夜勤せなあかんの？」

「ほんまは九時で終わり。でも記録とかあって、どうしてもこの時間になってしまう」

「九時に日勤者と替わってもらえへんのか？」

「日勤は日勤で仕事あるし。夜勤の仕事は、夜勤者がやらんとあかんねん」

「ほう。そういう責任感はあるんやな」

「失礼なー。ありますよー、責任感。てか、あたし目ぇつけられてて、いちいち仕事チェックされるから、全部やらんと、帰してもらわれへんねん」

うんざりしたような北原に、神戸で暮らす孫娘を思い出す。不平不満をすぐ口にする扱いにくい中二だが、めったに会わないので、それなりに恋しい。

「小野さんに素手でスジ肉食うたこと、叱られたか？」

「うん。それと、利用者さんやご家族にはちゃんと敬語を使いなさいて言われた。あ、言われました」

小野の説教も馬耳東風に近い。この話になるまで敬語が出なかったのだから。

それでもなんとか笑みを浮かべる。「北原の家、いろいろ複雑らしいですよ」という鮒江のセリフを反すうし、持参の紙袋の中からタッパーを取り出した。

「ほれ！　イカ飯や。食うてみ」

勢いよく差し出すと、北原は驚いたようにおれを見上げた。

「兄貴の昼飯や。あんたにも食わしたろと思て、多めに持って来た」

「あたしの分も？」

「せや」

「うっそー。マジで？　うーわ、なんで？」

「スジ肉、うまそうに食うてくれたから。他も気に入ってくれるんちゃうかと思て」

本当だった。もし北原がいなければ、自分の夕飯にするつもりだった。

「温(ぬく)いー」

若人(わこうど)はビニール袋ごと、うれしそうに頬ずりしている。気持ちがとたんに和んだ。

「奥さん、お料理上手なんですね」

「おれが作ったんや。女房は五年前に死んで、もうおらん。家に帰ってから食べてもええで」

割り箸も差し出すと、彼女は早速ビニール袋を外し、タッパーのふたを開けた。

煮汁に染まったヤリイカが一杯、輪切りにされた姿を現す。もち米とみじん切りのにんじんに、ひじきとレンコン、そして刻んだイカゲソの入ったイカ飯は、おれのオリジナルだ。おふくろが作ったような、もち米とうるち米のブレンドだけもいいけれど、ちょっと食感が変わるものが混じると、がぜんうまくなる。

「おいしそう」

北原はイカ飯をにぎり箸で器用につまみ、パクリとかじりついた。

「今日は手で食わんのか」

おれは彼女の横にしゃがみ込んだ。

「あんときは、お箸取りに行くのが面倒やったんで」

「朝飯、食うてないの？」

「忙しくて、夜食も食べられんかってん。せっかくあんパン買うてきたのに」

話しながら、北原はイカ飯をどんどん減らしてゆく。本当にうまそうにものを食べる子だ。やはり作って来てよかった。おれは思った。

「あんパンは牛乳と食うたら、うまいねえ」

「服部さん、チュロス、食べる？」

殊勝にも返礼せねばと思ってくれたらしい。北原は口を動かしながら、かたわらに置いていたレジ袋に視線を注いだ。

中をチラリとのぞくと、いくつかのフィルムパッケージに交じり、油のにじんだ薄紙が見えた。未知の食べものにがぜん興味がわく。食への好奇心は未だ衰えることがない。

「あたし、最近チュロスにハマってるねん。服部さん、食べたかったら食べてええで」

許可するかのような言いぐさに苦笑し、袋の中から件の菓子を取り上げた。

「これか。ほな、よばれるで」

返事もせず、北原は最後のイカ飯の輪切りを嚙みちぎった。

そんなにうまいか。

おれはすっかり気をよくして、チュロスなるものの相伴にあずかった。

「……うまいねえ。若いヤツの食べものやなあ。ドーナツみたいで」

薄く飴がけされた揚げ菓子は、星型の金口から絞り出され、涙の形を描いている。まぶされたシナモンシュガーにそそられた。外側はカリカリ、中身はもちもち。なかなかにうまい菓子である。

「これ、最近流行ってんの？」

「まさかー。大昔からあるで」

娘がまだ家にいたころ、チュロスを食べているのを見たことはない。もっともおれは仕事であまり家にいなかったから、知らないだけかもしれない。

「酒も飲むけど、甘いもんも好きやねん、おれ」

「そこに入ってるもん、好きなん食べてええで」

イカ飯を食べ終え、北原はおくびをこらえるようにした。

「服部さん、煙草のこと、所長にチクる？」

「チクるって、おれは告げ口なんかせえへんで。しょうもない」

「小野さんにも？」

「当たり前や。おれ、そんなしょうもないヤツに見えるか？」

「ううん、見えへん。服部さんはそんな卑怯な人には見えません。……はい、これどうぞ」

調子よく言い、北原はよくあるカスタードプリンの容器を、おれに押しつけた。

雲に隠れていた太陽が顔を出し、雑木林が初秋の風にざわざわと揺れる。突然のプリンの出現に、おれの心もざわついた。

「……うまそうなプリンやけど、遠慮しとくわ」

「そうお？……あたし、イカ飯て初めて食べたわ。これ、おばあちゃんが作るもんやろ。あたし、おじいちゃんもおばあちゃんもおらんからさ」

北原は言いながら、プリンのフィルムをむしり開けると、プラスティックの小さなスプーンで食べ始めた。甘美なバニラの香りを、秋風がこちらに運んでくる。

「年寄りの食いもんと違うよ。函館の駅弁にもあるし、スーパーにも売っとる。ちょっと手間がかかるから、よく作るもんでもないやろうけど。……あんた、ひとりもおらんのか？」

「お母さんのおばあちゃんはあたしが生まれたとき、もう死んでた。おじいちゃんは最初からおらんし」

「そらちょっと、残念やねえ」

「あたしが七歳のとき、親、離婚してん。それからお父さんに会うてないし、そっちのおじいちゃんにもおばあちゃんにも、会うてないねん」

プリンを食べ終え、北原はコーラをぐびりと飲んだ。「いろいろ複雑」の一端が垣間見え、おれは少し同情を覚えた。

「お母さん、大変やったねえ」

「どうかなあ」

「どうかなあて、大変やったと思うぞ。子供をひとりで育てるのは。お母さんが仕事行ってる間、あんた、ひとりで留守番してたんか？」

「ううん。妹と」

「ふたりか。女手ひとつで育ててもろたんや。お母さんに感謝せなあかんで」

「あのさー、なんで片親やったら感謝しろ、感謝しろって、みんな言うの？　両親そろってる人は、そんなこと言われへんのに。親がそろってる人は、親に感謝しなくていいの？」

思わぬ反撃に、目を瞬いた。屁理屈のような、そうでないような。つい質問攻めにしてしまったのが、アダとなって返ってきたか。

「いや、まあ、あんたの言うことは一理あるけども……。でもな、女がひとりで子を育てるのは、ほんまに大変やからなあ。昔も今も」

北原はやや不満そうに、おれの顔を見つめている。

「ひとり親、特に女親だけていうのは、ハンデがでかいんや。世の中」

「だから子供が、親を応援しろってこと？　両親がいる子供は、親を応援しなくてもいいの？」

「難しいこと、聞くねえ」

偉そうに説教され、腹が立ったのかもしれない。

「いや、ごめん、ごめん。北原さんのお母さんに同情して、つい、な」

観念すると、彼女は空になったプリンの容器を静かに地面に置いた。使ったスプーンは、もてあそぶように唇にくわえている。ジジイを言い負かして気がすんだか。ちょっと言い過ぎたと、反省しているのか。

「……残業代出しよらへん、給料上がらへんって、お母さん、会社の悪口よう言うてたわ」

北原は急に、素直なもの言いになった。

「そうか」

「結局その会社、やめてもたけど」

「それも仕方ないことやったやろなあ」

おもねるように相槌を打つと、北原は大きく息を吐いて言った。

「ほんで昼間はバイトになって、夕方から焼き鳥屋にもバイト行くようになってん」

「そっちの方が、時給がよかったんかもしれんな」

「でもあたし、焼き鳥屋に行ってるお母さんより、OLしてたお母さんの方が好き」

どこかいわくありげに言うと、北原は立ち上がり、腰を伸ばして身体をそらせた。

なぜこんな娘の機嫌を取らねばならないのか不明だが、とにかく気は治まったようだ。

「帰らんのか？　もう昼やで」

よろよろと立ち上がったおれの横で、再びしゃがんだ北原に声をかけた。

「山火事にならへんか、もうちょっとここで見張っとくわ」

見ると若い娘は、いつの間にか煙草とライターをスタンバイさせていた。

ああ見えて、北原は苦労しているようだ。母親ともあまり一緒に過ごせず、子供のころはさびしかったに違いない。ちょっとひねくれたところがあるのも、言葉遣いがなっていないのも、親に十分かまってもらえなかったからだろう。

おれも親に手をかけてもらったとは言い難いが、進学を許されたのが大きかった。六人きょうだいの中で高等教育を受けたのはおれだけだ。

教育は一生を支えてくれる。おかげでおれは一部上場企業で部長と呼ばれ、望み通りの家や車も手に入れ、女房も働かせずにすんだ。娘の希望した私立大学進学も渋らず、結婚の際も恥ずかしくない支度をしてやれた。ゴルフや登山などの趣味も楽しみ、その他もろもろ、男の人生の課題はだいたいこなしたというところだ。あとは何事もなく、余生を過ごせれば——。

そんなことをつらつらと考えながらモハーベシルバーのメルセデス・ベンツCクラス・セダンを走らせ、夕方前に家に戻った。

車庫入れをすませて郵便受けをのぞくと、ダイレクトメールやチラシの中に、私信らしき白い封筒が交じっていた。見知らぬ氏名が丁寧（ていねい）な男文字で書かれている。住所は神奈川県横須賀市。当地に暮らす知己（ちき）に心当たりはない。

いったい誰だ。そう訝（いぶか）り、ハッとした。予感できたのは、昼間プリンを勧められたからかもしれない。

玄関の鍵を開け、動揺を抑えるように、居間までゆっくりと歩いた。

レターナイフで慎重に開封する。老眼鏡をかけ、蛍光灯の下で立ったまま読んだ。

ケントからだ。

まさか、今ごろになって――。

縦書きのかしこまった文面が、生々しくせまってくる。記載されている電話番号は、やはり国内のものだ。

あいつが大津を訪れていたとは――。

せっかく来てくれたのに悪かったという気持ちと、会わずにすんだと安堵する気持ちがない交ぜとなる。うちの押し入れの奥に眠っているふたつのものが意識に上り、イサムノグチのAKARIシリーズ、床に置かれたスタンドライトに自然と視線が移る。

窓辺に近づき、レースのカーテンをめくって庭を眺めた。

夏を越した青い芝生が、地面を覆っている。

思い出が鮮やかによみがえった。

月光。

鉄条網の向こう側。

あちこちに雑草の生えた、乾いた地面。

戦後間もない貧しい暮らしに、強烈な印象をあの人たちは残していった。

進駐軍兵士たちの群れ。

派手に着飾った女たち。
いつも腹を空(す)かしていたおれ。
ケントの澄んだ青い瞳——。
六十年以上も昔の記憶の渦に、おれは一気に引きずり込まれた。

第2章

昭和二十六年（一九五一）十月

「なんぼもうた？」

オリビアの家財道具を運び終えて帰宅したわが子らを、おふくろは土間で出迎えた。

「四十円ずつもうた」

おれは小声で答えた。雨でなかったとはいえ、真っ昼間から妙な手伝いをさせられたのだ。布団や長持の載った荷車は意外と重く、なによりも恥ずかしかった。

オリビアはケバケバしい格好で、荷車を率いるように新居まで歩いた。道行く人はパンパンの引っ越しやと即座に察し、おれたちきょうだいに侮蔑とも憐れみともつかない視線を向けていた。

さらにあろうことか、同じクラスの女子の島田ともすれ違ってしまった。とっさに顔を伏せたが、手遅れだった。「三人で分けや」とオリビアから渡された駄賃はありがたかったが、明日学校で会ったらなんと言われるか。おれは気が気でなかった。

「あんたら、そのお金、今度の給食代にまわさなあかんで」

おふくろはそう厳命し、くたびれ顔の姉・静子(しずこ)に飯を炊(た)くよう言いつけ、右足を引きずりながら洗濯場まで戻った。おふくろは子供時分のケガがもとで、死ぬまでそのようにしか歩けなかった。

弟の丈夫(たけお)だけが疲れた風もなく、土間から四畳半に駆け上がった。丈夫はうまくサボっていたのだ。静子が荷車の取っ手を引き、おれと丈夫が左右に分かれて荷台を押したのだが、やけに重いなと左を見ると、両手をブラブラさせているヤツがいた。そのたびに注意するのだが、しばらくするとまた同じことをやっている。まだ八歳だったくせに、あのころから丈夫は悪知恵のはたらくやつだった。

「腹減ったなあ」

ズック靴を脱いで、おれも四畳半に上がった。

下の弟・進(すすむ)が、虫かごの中のバッタを突(つつ)いていた。バッタの姿にイナゴを思い出し、おれの腹の虫は大きく鳴った。

「福山(ふくやま)さんとこ、どんな部屋やった？」

不意に頭上から声をかけられた。

いつの間にかキャリーが階段の前に立っていた。「今日はダーリンが来る日や」。念入りに塗られたキャリーの赤い唇や、赤いマニキュアを見るたび、おれは思ったものだ。

「オリビアの部屋は広かったか？」

キャリーはおれたちにたずねた。

「ええと……そんなに広なかった。なあ？」丈夫に同意を求めると、「ものすご、ちっちゃい部屋」と、弟は大げさに調子を合わせ、虫かごを独り占めした。

「そうか。ちっちゃい部屋やったか」

キャリーは満足げな笑みを浮かべてしゃがみ、虫かごを取られて泣き出した進の頭をなでた。彼女はけんか相手が自分より広い部屋に住むのがしゃくだったのだろう。

「静ちゃん、勇、丈夫。お疲れさんやったな。これ食べ」

キャリーはスカートのポケットから、カラフルな包み紙にくるまれたキャンディーを取り出し、おれたちきょうだいにひとつずつくれた。もちろんメイド・イン・アメリカだ。

「おおきに！」

ついでにキャンディーをもらった進は、すぐに泣き止(や)んだ。

踵を返してキャリーは二階へ戻った。パーマネントの黒髪にローラーがいくつも巻かれていた。今日は早めに風呂を沸かさんといかん。甘いキャンディーを舌の上でころがしながら、おれは思った。

ふたつの六畳間をふすまで仕切り、うちの二階に間借りしていたキャリーとオリビア。どちらも、ひとりの兵士だけを相手にするオンリーだった。もちろん本名は知らない。年は二十歳を過ぎたくらいだったと思う。ふたりとも岩国にいたことがあり、最初は仲が良かった。しかしある日突然大声で罵り合いを始め、ドスンドスンと不穏な音を二階から響かせた。しばらくして階段を駆け降りてきたオリビアは、頭の後ろの白いリボンがゆがみ、花柄のブラウスのボタンがはじけとんで、肩が露わになっていた。

「あいつと同じ空気は吸えん！　あたし、引っ越す！」

オリビアはそう叫んだかと思うと、玄関の格子戸を勢いよく開け、おもてにとび出した。追って二階から降りて来たキャリーはといえば、パーマ髪が振り乱れ、赤い口紅が頬やあごに擦れとび、まるでやまんばのようだった。

「おう、そうせい、そうせい！　あんたと隣り合うなんざ、こっちから願い下げや！」

やまんばキャリーはそう怒鳴り、畳の上で寝ころんで本を読んでいたおれをまたいでガラス戸の框で立ち止まり、オリビアの背中に向かって唾を吐きつけた。といっても、唾は格子戸まではまったく届かず、土間の上にペタッと落ちただけだったが。

居間から顔を出したおふくろが「急に出て行かれたら困るわ」と、顔をしかめた。

「あたしが二部屋分払う！　だってあたしのダーリンはサージャンやもん！」

キャリーは怒気を含んだ声で宣言し、おふくろを安心させた。


おれが子供のころに暮らした長屋の前、ゆるやかな坂道と細い川を挟んだ向かいには、進駐軍キャンプ大津Aがあった。戦中は大津陸軍少年飛行兵学校だった場所だ。ちなみにキャンプ大津Bは、琵琶湖に面した唐崎にあった。

キャンプ大津Aの敷地は大人の背丈よりもはるかに高い金網に囲まれ、上部に忍び返しのように傾斜した鉄条網がはりめぐらされていた。敷地面積は約二十八・六ヘクタール。単純換算で東京ドーム六個分だから大した広さではなかったが、周りのどこもかしこも進駐軍関係の施設ばかりだったので、街中がアメリカ人のものになったようだった。

キャンプ大津Aの西隣は園城寺だった。天智、天武、持統天皇が産湯に使ったと言われる湧水を有し、御井が転じて三井寺と呼ばれている。

この国宝級の大きな寺院の周囲はキャンプ大津Aのおかげで「三井寺下租界地」の異名を持った。すなわち一帯のバーやレストランは軍兵士の出入りで繁盛し、闇の女がわんさとあふれ返ったのである。

三井寺下に住んでいた庶民の多くは、自宅の一部をパンパンに提供した。当時羽振りがよかったのは進駐軍関係の人間だけだ。庶民がそのおこぼれにあずかろうとしたのは、当然の成り行きだったろう。

大卒の国家公務員の初任給が六千五百円だった時代、部屋代の相場は四畳半一部屋で四千円から五千円。これは市内の他の地域より、はるかに高値だった。

おれの親父はいわゆるニコヨン、一日の稼ぎが二百四十円の日雇い労働者だった。兄の正一はすでに家を出ていたが、中学生の静子や十歳のおれ、八歳の丈夫、五歳の進、三歳になったばかりの妹の美幸と、育ち盛りの子供が五人もいた。そこでおふくろは、家の二階を六畳一間四千五百円でパンパンに貸していた。

その夜一家七人が居間で夕飯を取っていると、格子戸の開く音がした。

「ハロゥ」

よく通る野太い声。キャリーのダーリンがやって来たのだ。兵士の名はマイケル。肩や腕に屈強な筋肉のついた、背の高い金髪碧眼の白人だった。

「ハロー！」

玄関に向かって返事するのは、お調子者の丈夫だけだ。進と美幸が我関(われかん)せずなのは当然として、おれはなるべくヤツと目を合わせないようにしていた。親のとる態度から、そうした方がいいと感じていたからだ。パンパンのダーリンが訪ねて来ると、親父とおふくろはどこかバツが悪いような、けれど無愛想な態度も貫きかねるといった、卑屈な会釈をした。

静子はいつも身を固くしていた。おれは「女は怖がりや」としか思わなかったが、あとで起こる出来事を考えれば、当然の感覚だったのだろう。

マイケルは四畳半のガラス戸の框に腰かけ、チューインガムをくちゃくちゃとやりながら、土間に上等そうな革靴を脱ぎ捨て、四畳半を大股で通り抜けて階段を昇った。

重い人間が板階段を踏みしめる音が終わると、悲鳴にも似たキャリーの歓声が階下に漏(も)れた。次いで陽気な英会話が聞こえ、ダンスをしているかのような足音が響いた。

「喜んどるわ」

おふくろが天井を仰(あお)ぎ見た。秋の日暮れに居間の裸電球が、ふらん、ふらんと、笠ごとゆれた。

「いらんこと言うな」

親父がおふくろをたしなめた。

「ふん。あんたは、それしか言えんのか」

「なんや、その口の利き方は」

「そもそもあんたが家を買うといたら、こんな苦労せんですんだんやで」

「なに言うとる。この辺はみんな進駐軍に取られたんやぞ。井上も澤も、わしの土地にアメリカ人が住んでゴルフしとる言うて嘆いとるわ。土地なんか持っててもしょうがなかった。土地は一生の財産やて喜んでたヤツは、アホじゃ」

　皇子が丘から坂の上にかけては、進駐軍将校一家の住む「皇子山ハイツ」が並んでいた。ハイツはアーリーアメリカン調の白い建物で、ゆうに百戸はあった。ハイツの広い庭には美しい芝生が植わり、ガーデンパーティーを楽しむ一家の姿がよく目撃された。将校たちが投げ捨てたビールの空きびんを拾うため、見張りの日本人の目をかいくぐり、おれは仲間たちとよく彼らの庭に忍び込んだものだった。

「はん。戦争にも行けんかった男が偉そうに」

「おれは赤紙もうたら、いつでも行くつもりやったぞ」

　終戦時三十九歳だった親父は、「おれが若かったら、真っ先にアメリカ人を倒しに行ったのに」と、しばらくの間うそぶいていた。

「お前みたいな女をもろたったんやぞ。感謝せい」

「洟垂らした正一かかえて困ってたんは、どこのどいつや」

言い争いはエスカレートし、親父がおふくろの頬を殴り、おふくろは涙声で言い返した。進と美幸はぎゃんぎゃん泣いて、静子がそれをなだめ、おれと丈夫は押し黙って夕食を取った。

裸電球の光が、茶碗の中をいっそう悲しく見せた。その日の夕飯におかずらしいおかずはなかった。麦飯に醬油をかけて食べるのだ。

卵が食べたいなあ。せめてここに卵を入れることができたら、どんなに幸せだろう。茶色く染まった麦粒をかき込みながら、おれはよく夢想したものだ。

気づまりする夕食が終わると、家族は三畳の居間から四畳半と八畳間へと散らばった。おふくろと静子は台所の奥にある洗濯場の水道で、あと片づけだ。

おれは風呂の湯加減を見に行った。わが家は、薪で沸かす五右衛門風呂だった。

親父は八畳間で横になり、新聞を読みながらうとうとし始めた。丈夫と進、美幸はくっついてはけんかをし、いつも進か美幸、どちらかが泣いていた。

「お父ちゃん、イナゴ取りに行こうな」

空腹に耐えかね、おれはねだった。

イナゴを食べるときは、二十四くらいを生きたままフライパンに入れ、素早くふたをして数分待つ。バチバチとはねる音がなくなってから醬油をたらすと、見た目や味はともかく、腹は膨れた。

「アホか、お前は。もうイナゴみたいおらん」

寝ぼけ眼の親父は、あきれたように言った。

「まだおったで。おれ、昼間見たもん」

「あかん。今日は疲れとる」

親父は新聞から目を離さずにつぶやいた。

「腹減った」

「風呂入ったら、忘れてしまう」

「そしたら、もう入ってええ？」

「あかん、あかん。二階が先や」

親父は慌てて起き上がり、おれの頭を小突いた。

親父は先妻に先立たれ、正一を連れておふくろと再婚し、しばらくは大阪で暮らした。軍需景気で仕事の豊富だった戦前と違い、空襲から逃れるように大津に戻ってからは、日雇い仕事をやるしかなかった。

「二階はなにを食べとんのかなあ」

「お前が買うて来た肉と野菜やないか」

おれは買った食材を、アメリカ人向けにどう調理をするのかに興味があった。

「今日は菜っ葉買うたで。でもアメリカ人は日本人の畑の野菜は食わんのやろ？　肥使てる野菜は汚いし、唐崎に水耕農場を作ったんやろ？　おれが買うたんは日本人向けの野菜やったけどええのかなあ。なあ、お父ちゃん、マイケルは嫌やないんやろか？」

親父は答えなかった。そしてまた新聞を読み出した。

食事を終えたらしいキャリーとマイケルが一階へ降りて来た。

「お風呂、お先にもらうわなあ」

ふたりは手をつないで、八畳間の先にある風呂場へ向かった。マイケルは「オサキニ」などと言い、ご機嫌だった。

冬場以外、うちは風呂を週に一回しか沸かさなかった。他の日はたらいの中で行水をする。水道代節約のためだ。そして風呂を沸かすと、いつも二階の住人が一番に入った。

風呂場の前の縁側が脱衣所がわりだった。坪庭に面した縁側は高い塀に囲まれていたので、八畳間のガラス戸のカーテンを閉めれば、人目につくことはなかった。

楽しそうな声が風呂場から響いてきた。キャリーとマイケルはキャッキャとはしゃぎながら、板を踏んで入る五右衛門風呂を楽しんでいた。

「マイケルが入ったら、湯が足りんようになる」

ふとつぶやくと、親父が「あとで水足せ」とおれに命じた。肉体労働者だった親父は、たまの入浴を楽しみにしていたのだろう。

風呂桶に水を入れるのは重労働だった。洗濯場に設置されたわが家で唯一の水栓からブリキのバケツに水をくみ、風呂桶に入れねばならない。回数にして約五十往復。水栓から近いとは言え、風呂桶は下に竈（かまど）がある分位置が高いので、毎回段差を昇り降りしなければならない。おれは空腹なのにそんな骨の折れることをするのかと思うと、うんざりした。

「お前も手伝え」

腹が立って、昼間楽をした丈夫に命じた。丈夫は急に神妙な顔になり、「おれは小さいから風呂に届かへんかもしれんなあ」と、わざとらしく首をひねりやがった。

ズボンだけ身に着け、金色の胸毛をキラキラさせたマイケルが、風呂から出てきた。次いで桃色のネグリジェに、頭にタオルを巻いたキャリーが八畳間に現れた。ふたりは寝転がっている親父の脇を通り、本を読んでいたおれの背中をかすめ、畳の上で頭を突き合わせている丈夫と進の身体をまたいで、二階へ戻った。

風呂場に行くと、案の定（あんのじょう）湯が半分くらいになっていた。しぶる丈夫の尻を叩（たた）き、一緒に湯を沸かしなおした。

一家七人が風呂を終えたころ、だらしなく軍服を羽織ったマイケルが一階に降りて来た。彼が帰るのはいつも門限ギリギリの九時半ごろだった。

「テイキッリージーねー」

キャリーは四畳半の引き戸の框の上にしゃがんで、マイケルを見送った。靴を履き終えたマイケルは框に腰かけ、白い笑顔をキャリーに向けた。

「グッナーイ」

「グッナイ、キャリー」

マイケルは甘くささやき、キャリーのあごを軽くつまんでキスをした。やさしく触れ合う、初々しいような口づけだった。

別れの儀式を終え、目をトロンとさせたキャリーは、名残惜しそうに手を振っていた。兵士は立ち上がり、大きな身をかがめて格子戸から出て行った。

おれたち家族は、いつもそんな光景を目にしていた。

おれは十歳、奥手な少年だった。いやらしいと感じたことはなかった。ただ、ふたりは仲がいいなと思っていた。

マイケルが帰ったあと、キャリーは使い終えた食器を持って階下へ降りて来た。

「テイキッリージーって、どういう意味？」

「じゃあまたねー、さいならーって、意味や」

鼻歌を歌いながら鍋や皿を洗うキャリーに質問すると、そう答えが返ってきた。キャリーの手にはわが家ではけっして使うことのない、銀のフォークやナイフが握られていた。

＊＊＊

オリビアが出て行き、何日か経った日曜日。嫌なヤツがわが家を訪ねて来た。

格子戸を開けたのは、森中のおばはんだった。土間に置かれた七輪でお茶を沸かしていたおれは固まった。

「……ああ、こんにちは」

土間に現れたおふくろは、肘まで濡れた腕を気にしながら愛想笑いを浮かべた。進駐軍兵士の洗濯を個人的に請け負っていたおふくろは、その日も作業の最中だった。

「森中さん、今日はどうしたんですか？　家賃は一昨日、勇が払いに行ったはずですけど」

おふくろはそうたずねて、咳払いをした。

長屋は貸家だった。おれは追分にある森中のおばはん宅まで、毎月京阪電車で家賃を払いに行かされていた。

「へえ、払(はろ)てもらいましたで。二週間も遅れて。まーあ、いっつも遅れに遅れて、期日を守ってもろたこと、一回もあらしまへんな」

二日前は普通の髪型だったから、昨日美容院へ行ったのだろう。電気パーマをかけたおばはんの頭は、若い女のそれと違い、なぜか焼け出されたあとの人みたいに見えた。

「服部さん。おたく、二階を又貸ししてるそうやんか」

おふくろの愛想笑いが消えた。

「又貸して、なんのことです？」

「とぼけてもあかんえ。一昨日、勇君は又貸しを認めたんやで」

一瞬にしておれの肝(きも)が冷えた。

「勇。あんた、なに言うた？」

おふくろはすごむように、おれにたずねた。

「誰か住んでるやろ、て聞いたら、もう出て行った、て言うたんや。なあ、勇君」

「住んでるて、人聞きの悪い。一昨日は客が来たんですわ。来てすぐに帰らはった。もうその人は帰ったて、そういう意味で言うたんやろ？　なあ、勇」

おふくろは強い口調で、おれに同意を求めた。

「客て、あんた、そんな嘘（うそ）をうちが信じると思てんのか？　人をなめんのもたいがいにしいや。ここの二階にはずっと女が住んでるて、ちゃんとわかってますんやで！」

　森中のおばはんは青筋を立てて怒鳴った。間に立ったおれはなにも言えず、とにかくこの場から逃れる方法はないかと考えた。

「そんなこと、証拠ありますのんか？」

　おふくろが詰問（きつもん）調で言った。

「次が入るのはわかってんねん。坂の下の酒屋であっせんしてるんやて？　なんぼでも待ってるらしいやないの。ちょっと二階見せてもらいますで。あんたとこの家族以外の誰かがいたら、それが証拠や！」

　おばはんは仁王立（におうだ）ちで、グッと天井をにらみつけた。

「森中さん、なんぼここがあんたの持ちもの言うたかて、今はうっとこが住んでるねん。勝手に人の家に入るのは、不法侵入ちゅうもんや」

「なに屁理屈こねてますのや、店子（たなこ）のくせに図々しい。この辺は闇の女を住まわしてる家がぎょうさんあるて、前々から耳にしてたんや。けど、まさかうちもとは思わなんだ」

　忌々（いまいま）しそうな「闇の女」の響きに、ごまかせなかったことをあらためて悔やんだ。

「森中さん。うちは食べ盛りの子供が五人もいてる。こうして内職もやってます。それともあんた、小さい子置いて、この足で外で働け言うんか?」

おばはんに見せつけるように、おふくろはスカートをめくって右足を露わにした。

「あ、あんたに外で働けとは言うてへんがな。旦那がおるやろに」

おばはんは少しひるんだ。そのとき偶然だったか、わざとだったのか。八畳間にいた親父が咳をした。のどに唾でも引っかかったような軽い咳だった。そこでおふくろは、これ幸いとたたみかけた。

「うちの人も一所懸命働いてます。そやけど胸が悪いみたいで、無理でけへんにゃ」

「え? 胸が悪い?」

「ずっと、変な咳が続いてますのんや」

「そ、それやったら、早よ病院へ……」

二階へ上がろうと息巻いていた、おばはんの足が止まった。親父の乾いた咳が、立て続けに聞こえてきた。

「病院連れて行こうにも、お金がないですわ。それともなんですか。一昨日の家賃、ちょっと戻してもらえますか?」

おふくろが声を張り上げた。

「そ、そんなことは、でけしまへんえ」

「お二階の人が、お家賃払てくれはるさかい、森中さんにお金払えるねんで」

「そら、そうかもしれんけど、又貸しは……」

「お二階の方が出て行かはったら、病院も行けへん」

「び、病院には早よ行った方がええやろけど……」

「ところで森中さん。どうもないの？　いつまでもここにいて」

おふくろは眉間にしわを寄せ、上目づかいでおばはんを見すえた。

「もうかれこれ、三十分くらい経ってんのと違います？」

「え？　そんなに経った？」

おばはんは助けを求めるように、おれを見下ろした。ずっと土間でしゃがんでいたおれは、仰ぎ見ながら、無言で何度もうなずいた。

「伝染らんとええけども……」

おふくろはそうつぶやき、家の奥を振り返った。そこで親父は、わざとらしいくらいに何度もしわぶいた。

「……うち、用事思い出した。帰るわ。ほしたら服部さん、もう又貸しはやめといてや。頼んだで！」

森中のおばはんは、一目散に玄関から出て行った。おれは、おばはんにあんなに強く言えるのなら、これからはおふくろが家賃の支払いに行ってほしいものだと、心から思った。

「いやあ、奥さん。ほんまにかっこよかったわあ」

階下の声に聞き耳をたてていたのだろう。二階からキャリーが降りて来た。

「いやあ、キャリーさん。えらいとこ見せてもうて、ほんまに恥ずかしわあ」

急におふくろは少女のような口調になった。さっきまでの威勢が嘘のようだった。

「二階に上がるて聞こえたとき、あたし、押し入れに隠れよかて思たで」

キャリーはいかにも困った風な表情を浮かべた。

「うちの大事なお人に、空襲でもないのに、そんなことさせますかいな」

「いやあ、まるで空襲みたいな人やったわ。ババババッと、じゅうたん爆撃みたいにしゃべらはって。あの人のお名前は森中さんやのうて、B29さんと違うか」

キャリーが茶化すと、おふくろは吹き出し、ふたりは高らかに笑い合った。

「そやけど旦那さん、ほんまに胸が悪いの？　そやからいっつも、ゴロゴロしてはんの？」

ひとしきり笑ったキャリーが、不安げにたずねた。

「違う、違う。口から出まかせやがな。嘘も方便、方便」

首を振ったおふくろに、キャリーはひそめていた眉根を開いた。

ふたりはまた笑い合った。女ふたりのおしゃべりの間、奥にいた親父は姿も見せず、口を挟みもしなかった。

＊＊＊

月曜の朝登校すると、島田がわざわざおれの席までやって来た。

「服部君、引っ越ししたん？」

引っ越し手伝いの翌日はなにも聞かれなかったので、興味を持たなかったようだと、安心していた。なぜ今ごろ問われるのか。心臓が早鐘のように打ち始めた。

「……してない。あれは知り合いの荷物を運んでたんや」

「知り合いって、一緒に歩いてた女の人？」

小さく答えたおれに、おかっぱ髪の島田は間髪を入れずに聞いてきた。

「あの人、パンパンやろ？」

「………」

「服部君、パンパンの荷物運んでたん？」

「……あの人は、関係ない」

「嘘。あの人、パンパンやん。服部君のお姉さん？　それとも親戚？」

「違うわ。姉ちゃん違う。親戚でもない」

「服部君の家にはパンパンがおるの？　居候させてる家があるて、おばあちゃんが言うてた。服部君のとこは一緒に住んでるの？」

「住んでへん」

おれは教室から出た。けれど島田は子供特有のしつこさで、おれのあとを追って来た。

「一緒に住んでるの？　ごはんも一緒に食べてるの？　あの人ら、食べてる最中でも口紅塗り直すて、ほんま？」

「知らんわ」

「おばあちゃんは一緒に住んどるんやて言うてた。だから一緒に引っ越すんやろて。服部君の家には、どんなパンパンがおるの？」

「おらん」

「ほななんで、荷物運んでたん？」

廊下を早足で歩くおれに、島田は質問の嵐を浴びせた。言い逃れようと知恵を絞ったが、焦(あせ)るほどなにも浮かばなかった。

おれは男子便所に駆け込んだ。さすがにそこまでは、追って来なかった。

みんながそろった教室に戻ると、担任の男の先生に「服部、なにしとった?」と、大きな声で質問された。

「便所行ってました」

自席に着いたおれを、「ごっつい方か。それは家ですまして来なあかんぞ」と先生が茶化したので、クラス全員がどっと笑った。

おれはわざとニヤついて、学校で糞(ばば)をしたふりをした。パンパンと住んでいると思われるより、ずっとマシだった。

みんなが笑いどよめく中、見ると島田だけが笑っていなかった。

小学校の六年間は、なぜかクラス替えがなかった。以降島田から引っ越しの件をたずねられることはなかったが、おれは卒業するまで秘かに彼女を避けて過ごすことに腐心させられた。

長屋の前のゆるやかな坂道で、近所の子供連中とよく遊んだ。金網の向こうから進駐軍兵士に洋酒の買い出しを頼まれることも多く、駄賃ほしさにその場を好んだこともあった。

十一月のある日、おれたちは坂道で缶蹴りをした。鬼が十を数える間に、おれと幼なじみの博孝(ひろたか)ちゃんは、民家の垣根の陰に隠れた。鬼の背中を垣根の間から見ながら、おれらはぼそぼそと話をした。

「徹ちゃんは、はたけがないねえ」

川岸の植え込みの陰に隠れた徹ちゃんを見ていたおれは、前々から思っていたことを口にした。

「徹ちゃんとこは金持ちやさかい、でけへんねや」

おれにも博孝ちゃんの頬にも、立派なはたけがあった。

春になると、学校の健診で校医がおれらのような子供を白癬と診断した。はたけは白癬の症状のひとつとされていたからだ。はたけの原因は皮脂が少ないせいだと、当時は知らされた。おれら貧乏人は肉や魚の脂肪の摂取が少なく、徹ちゃんはそれらをたくさん食べているのだと、おれはうらやましく思った。

「あー！　典男や！」

友宏ちゃんが坂を登って来る子供ふたりを、目ざとく見つけた。ふたりはうちの集落に住む、道男と典男というきょうだいだった。

「おい、典男。なんでお前の毛ぇはそんなにクリクリやねん？」

隠れていなければいけないのに、友宏ちゃんは五歳の典男に近づき大声で言った。

「典男、なんでそんな顔が真っ白やねん？」

鬼も典男に近づき、一緒になって言い募った。

「なんで道男と、顔が全然違うねん」

「わしのお父ちゃんはアメリカ人ですて、言うてみぃ」

典男は兄のあとをついて行くだけだったが、道男は今にも泣き出しそうだった。きょうだいは坂道を曲がり、逃げるように走り去った。

「典男のお父ちゃんは、ほんまにアメリカ人なんけ？」

おれは小声で博孝ちゃんにたずねた。

「そうやで。道男のお母ちゃんがアメリカ人と仲良うしたし、典男が生まれたんや。わしのお父ちゃんが言うとったもん」

博孝ちゃんはニヤニヤしながら答えた。

おれは博孝ちゃんがニヤつく理由がわからなかった。ただ道男が弟のせいで仲間外れにされていることは理解していた。

典男の出現で缶けりは中途半端になった。鬼が友宏ちゃんを見つけたと言って缶を蹴り、友宏ちゃんは自分が姿を現す前の状態まで戻せと、けんかし始めたのだ。みんながふたりを取り囲み、おれと博孝ちゃんはすっかりしらけてしまった。

「勇ちゃん。ちょっとキャンプの裏に行こう」

博孝ちゃんが話しかけてきた。

「なんで？」

「ええもん、見つけてん」

博孝ちゃんの目が、キラリと光った。

日も暮れ、薄暗くなってきていた。

時折吹きつける風が土ぼこりを舞い上げた。道路の街灯は少なく、キャンプの床屋や歯医者の英字看板を照らすライトだけが、煌々（こうこう）と光っていた。

おれと博孝ちゃんは無言で、坂の上に向かって歩き出した。

キャンプ大津Ａの裏門は、うっそうとした木立に面していた。裏門は通用門と違い、門番がいなかった。しかしうっかり入って行くとどこからか兵士が現れ、「ゲラウト！　ゲラウト！」と、侵入者を追い払うのだった。

おれたちは慎重に裏門に近づいた。目当ての茶色い大袋はランドセルをひと回り大きくしたくらいの容量で、裏門を少し入った脇にふたつ、無造作に置かれていた。

「セメントちゃうか」

おれは博孝ちゃんにささやいた。

「違う。小麦粉の袋と缶詰の箱と一緒に運んどったん、見たんや」

「でも食いもんとは、限らんやろ」

不安だった。絶対食べものだという確証がないと動けない。

「運ぶの忘れとるねん。今もあるてことは、絶対忘れとるぞ」

誰も来る気配はなかった。門柱の裸電球が乾いた地面を寂しく照らすのみだった。

「見つかったら、どうなる?」

おれは博孝ちゃんにたずねた。

「CICに連れてかれるかもしれへんな」

「え!」

CIC(対敵諜報部隊)は進駐軍への反逆や、スパイ活動を取り締まる地方部隊だ。おれたちは「警察より怖い」と聞かされていた。今思えば、そんな連中が子供のコソ泥ごときで動くはずないが、おれは博孝ちゃんの言葉にすっかり怖気(おじけ)づいた。

「やめとこうや」

博孝ちゃんのセーターの袖を引っぱると、「腹減ってへんのか?」と、博孝ちゃんは潤(うる)んだ目玉をおれに向けた。

その瞬間、グーッと腹の虫が鳴った。あまりの音の大きさに、どこかに潜(ひそ)む兵士に聞こえたのではないかと、心配になったほどだ。

「あんだけあったら、腹いっぱいになるぞ」

博孝ちゃんが立ち上がり、おれもつられた。小走りでブツに近づき、おれらは一人ひとつずつ、しっかり封がされた、なにかで満たされている大きく厚い紙袋を持ち上げた。

少し手間取ったが、なんとか両手でかかえた。

風に混じって、足音が聞こえた。

おれと博孝ちゃんは紙袋を抱きしめるようにして、夢中で走った。万が一追いかけられても家がバレないよう坂道で曲がらず、先に集落へ入った。民家の間を抜けながら、裏から家まで下った。

追っ手の気配はなかった。前を走っていた博孝ちゃんは振り返らずに、自分の家の方へ走り去った。

おれはうちの裏から洗濯場へ入った。紙袋をひび割れたコンクリート床に置くとき、かじかんだ手を開くのに苦労した。

「なんやの、これ？」

米を研いでいた静子が、息を切らしたおれに、不思議そうにたずねた。

「食べられるらしいで」

意気揚々と紙袋の頭を断ちばさみで切ると、山吹色の細かな小片が無数に見えた。

「なにこれ？」

静子の質問に、おれは答えられなかった。てっきりビスケットか乾パンのようなものが入っていると思っていたからだ。

ゆるやかな曲線を描いた、太い紐を二センチずつブツ切りにしたような形。中心はがらんどうだ。一個一個は軽く、においもないし、とても硬い。おれにはプラスティックのように思えた。

手に取った小片をひとつ口に含んでみた。嚙み砕くのは難しく、味もしなかった。

「食いもんちゃうやんけ」

心底がっかりした。博孝ちゃんを恨(うら)むというより、無駄骨を折ったことが悔しかった。

翌日おれは紙袋の中身を、琵琶湖疏水(そすい)近くの川に全部ぶちまけた。重なり合う細かな水音が虚(むな)しく耳に響き、山吹色の破片は川底を覆うように、流れながら沈んでいった。

＊＊＊

雪になってもおかしくない、冷たい小糠雨(こぬかあめ)の降る師走の夜だった。夕食を終えて三畳間で宿題をしていると、ほとほとと格子戸をたたく音がした。

「ごめんください……」

か細い声だった。

「誰や、今ごろ」

縫いものをしていたおふくろが、めんどくさそうに土間まで出た。おれと丈夫、進はこたつから出て、夜の訪問者を四畳半のガラス戸越しにのぞいた。

「なんかご用ですか？」

格子戸も開けず、おふくろがつっけんどんにたずねた。

「……すみません。今晩、ひと晩、こちらで、宿をとらせて、もらえないでしょうか」

まだ若い女の人だった。着ているシャツはぼろのように黒ずみ、擦(す)り切れたモンペは膝(ひざ)下(した)で暖簾(のれん)のようにひらひらしていた。伸びた髪から鼻緒がちぎれそうな草履(ぞうり)を履いた素足まで、全身ぐっしょりと濡れそぼっていた。

ひと目で家のない人だとわかった。あのころはまだソ連や中国からの引揚者(ひきあげしゃ)たちが、着の身着のまま、町をさまよっていることがあったのだ。

「うちは無理ですわ」

おふくろは言下に断った。

「家の中とは、申しません。こちらの……そこで結構です。ひと晩だけ、雨宿りをさせてください」

やせて頬のこけた女の人は、細い指で湿った土間を指差した。しぼり出すかのような声が、長い間食べていないことをもの語っていた。しかも女の人は美幸くらいの年の、汚れて肌の色がわからない子供を連れていた。

「あかん、あかん。こんなとこに寝られても困る。よそに行ってんか」

おふくろは邪険に言い、「なに見てんの！　さっさと宿題し！」と、ガラス戸にへばりついていたおれたちを怒鳴った。

慌てて引っ込んだが、おれはおふくろにばれないように、玄関先の様子をうかがい続けた。

女の人は心底疲れたようにうつむいた。そして子供の手を握り直し、その場で一度、大きく天を仰いだ。

黒ずんだ口元に大きなほくろが見えた。日本人にしては鼻の高い人だった。

女の人は裸足の子供の手を引っぱり、無言で玄関前から立ち去った。

「あんな人を泊めたら大変や。知らんてる間にうまいこと中に入って来て、いろいろ盗んで行きよる」

おふくろは三畳間に戻って来るなり、そう吐き捨てた。

おれは追いかけて行って、晴嵐にある引揚者用住宅をおしえてやろうかと思った。しかし闇と雨が気になり、家から離れることはできなかった。

＊＊＊

大晦日の午後、正一が大阪から帰省した。

「兄ちゃん、おかえり！」

おれたちきょうだいは、土間に並んで兄を出迎えた。期待通り、正一は旅行カバンやリュックサック、大きく膨らんだ布カバンを手にしていた。

「ただいま。お前ら、元気やったか」

正一は重い荷物をかかえ、しっかりした足どりで家の中に入って来た。寒空の下、オーバーも着ず、毛糸のマフラーは毛玉だらけで、茶色いツイードの上着の袖口は擦り切れていた。

どの荷物にブツが入っているのか、おれたちは気になってしょうがなかった。正一は弟妹の気持ちを先刻承知で、すぐにリュックサックをおれに押しつけた。

「そら、食え、食え」

おれや丈夫、進と美幸、静子までもが、リュックサックの中身を引っぱり出すのに夢中になった。

ビスケット。キャラメル。黒糖麩菓子(ふがし)。あめ玉。黄粉(きなこ)のねじりん棒。羊羹(ようかん)。まんじゅう等々。

中からあふれ出てくる菓子たちは、まるで宝石のように輝いて見えた。

どれから食べようか迷う間もない勢いで、正一を除いたきょうだいは、奪い合うように甘い菓子をほおばった。

「うまいねえ」

「うまい、うまい」

いわゆる駄菓子ばかりだったが、甘味に飢えた子供にはこの上ないごちそうだった。それらをみやげに帰省する正一に、おれは感動すら覚えたものだ。

夕方になって、親父が帰宅した。

静子は台所でおふくろを手伝っていた。おれはお茶を沸かすため、電熱器にかけたやかんの番をしていた。

「お前、この飯では足りんやろ」

女房に文句をつける親父の声が聞こえた。おふくろは正一が帰って来ても、出迎えもせず、ずっと台所にこもったままだった。

「うちは正月の餅買うだけで精いっぱいや。第一、今日はまだ三十一日やで。贅沢でけん」

「せっかく正一が帰って来たのに」

「お金あったら、なんぼでも作ったる。世間の人らは歳末手当てがあるけど、うちはない」

「そう言うな。わしかて苦労しとるんやぞ。今日も午前中、仕事回してくれて、わざわざ頼んだんやぞ」

また始まったと、おれは三畳間で身を固くした。こたつに足を入れていた正一も、無表情で両親の諍いを聞いていた。

おふくろは生さぬ仲の正一と、折り合いが悪かった。そのくせ、正一の毎月の仕送りは、大いに頼りにしていた。

おふくろに金をまっすぐ渡すのはしゃくだった正一も、せっかくの休暇に親のけんかを見たくなかったのだろう。おもむろに上着の内ポケットに手を突っ込み、立ち上がった。

「ちゃんとボーナスは持って帰って来た。ほら、どうぞこれでなんぞ買うて来てんか」

正一はガラス戸を開け、台所に向かって茶色い封筒を掲げた。そしておふくろに「塩せんべい、買うて来たで」と、小さな声で告げた。

塩せんべいはおふくろの好物だった。兄は自分をかわいがらない継母の機嫌をとろうともしていた。正一の心中には、複雑な思いがあったのだろう。

両親の言い争いがぴたりと止んだ。親父は「すまんな」と言いながら、薄い茶封筒を押しいただくように受け取った。

「勇！　スジ肉と餅を買うて来て！」

台所からおふくろの声がとんできた。兄に「卵も買うて来い」と言いつけられ、おれはパチンコ玉のように、玄関からとび出した。

意気揚々と卵と丸餅を、人数分買い求めた。荷物の重さにときめきながら、最後に肉屋に向かった。

正月用にみんな、いつもよりいい牛肉を買っていた。今日は普通の牛肉を買ってしまおうか。持たされた五百円札を見つめながら、おれは店先で一瞬考えた。

正一の擦り切れた上着の袖が思い出された。兄の苦労を無駄にはできない。おれはいつものように百グラム二十五円の牛スジ肉を買い、家に帰った。

「今日はごっつそうや」

おれたちきょうだいは、ごくりと生唾を飲み込んだ。牛スジ肉の醤油煮と、ゆで卵が食卓に上ったからだ。

おれは真っ先に卵を手に取ると、白身が欠けないよう、慎重に卵の殻を剝いた。そして弾力のある白身を少しかじり、黄身がのぞいたところで醤油を垂らした。

「勇は煮ぬき、好きか?」

隣の正一が、おれの顔をのぞき込んでいた。

以前兄に「東京では煮ぬきて言うても、通じんぞ。ゆで卵て言わなあかんぞ」と言われたことを思い出し、「うん。おれ煮ぬき、好きや」と答えた。東京など、関東なんかに縁はない。少なくとも大人になるまで足を踏み入れることはない。あの日までは、そう固く信じていた。

「……ほれ」

みんなにわからないようこたつの陰で、正一は自分のゆで卵をおれに手渡してくれた。ひいきしてもらいうれしかった。すぐに食べると丈夫や進にばれるので、ズボンのポケットに隠し、あとで食べる機会をうかがうことにした。

夕食後はくつろぐ正一に、しきりに話しかけた。

「兄ちゃん、この間、学校でこどもグラフを観たんやけどな、歯ぁみがかんかったら、ミユータンス菌のせいで虫歯になるんやて」

「ミュータンスて、なんやそれ？」

「虫歯の元や。それと砂糖が合わさって、虫歯になるねん」

「そうか。知らんかったわ」

「そやし、おれ、歯ブラシほしいねん」

その教育映画のあと、同級生たちに聞いてみると、歯ブラシを使っているヤツがちらほらいた。いずれも余裕のある家の子ばかりだったが、とてもうらやましく思った。両親はつま楊枝で歯の掃除をするくらいで、当時のわが家に歯みがきの習慣はなかった。

「ほな、大阪帰る前に、買いに行こか」

「ほんま？」

兄におねだりをしたのは、あとにも先にも、あの一度だけだ。

「正一兄ちゃん、肩車してー」

ふいに進が、正一の背中におぶさった。

「おれも、おれも」

進を押しのけるように、丈夫も正一の背中にとび乗った。

「よーし、ふたりとも乗ってみい」

家の天井は低く、さすがに肩車はできなかったが、正一は弟ふたりを並べておぶった。そしてそのまま立ち上がり、ふたりをゆさゆさと揺さぶりながら、八畳間を歩き回った。

「次はおれもやってえな」

うしろをついて回った。正一の踏みしめたあとの畳の凹みに、おれにはこんなに頼もしい兄がいるのだと、救われる思いがした。

三井寺から響いてくる除夜の鐘を聴きながら、寝支度をした。

わが家に布団は四組しかなかった。ふたり一組で布団を使うのだ。一応一家の長たる親父だけが、ひとりで寝る権利が与えられていた。

おれと丈夫の布団を、その夜は正一にゆずった。代わりにおれたちは、こたつに足を入れて寝た。こたつの中の豆炭(まめたん)は消えても、余熱でしばらくは温かかった。

夜中にのどが渇いて、目が覚めた。同時にゆで卵を食べ損ねていたことも思い出した。水を飲んでから食べようかと考えていると、八畳間からボソボソと話し声が聞こえた。

「やめろて、何回も言うとるんやけどなあ」

親父の声だった。

「もっときつう、言わなあかん。ああいう女を家に置くなて」

正一の声だった。おれは寝たまま、ゆで卵の殻を少しずつ剝き、耳をそばだてた。

「金が足りんて、ナミが言いよるんや」

親父は弱ったように、言い訳した。

「越えたらあかん一線を越えとると思わんか？」

声は小さくとも、正一の語気は強かった。

昼間便所に向かうキャリーに兄が向けていた眼差しを、おれは思い出した。キャリーは正一に「こんにちは」とあいさつをしたのに、兄はキャリーを無視したのだ。やさしい兄が、キャリーを邪険にしたのはショックだった。気にすまいとしていたが、夜中の父子の会話で決定的となった。おれは水を飲みに行くことなどできなくなり、そのままゆで卵をかじった。塩気のないゆで卵は唾液を誘わず、飲み込むのにちょっと苦労した。

＊＊＊

年が明け、正一に買ってもらったライオン歯ブラシを使っていた一月の昼下がり、タヌキがわが家を訪ねて来た。

「勇、なにしてんの。こんな時間に」

歯ブラシをくわえているおれに、タヌキは「歯は朝磨くもんや」と、あきれたように笑った。

タヌキはキャリーやオリビアの前に、一年ほどうちに住んでいた小太りのパンパンだった。本人はチーコと名乗っていたが、頭の鈍さをごまかすためか嘘ばかりつくので、みんなにタヌキと呼ばれていた。

「あん、もう。さっき進駐軍がDDTまいとって、全身真っ白になったわ」

黒いエナメルの靴を脱ぎ、四畳半から家に入ったタヌキはぶんぶんと頭を振り、上着や黒いハンドバッグについたDDTを、パシパシとその場で払った。

「さあて、もう書けたかなあ」

タヌキはうれしそうに、二階に上がった。そして二時間ほどのち、キャリーと階下へ降りて来た。四畳半の框に座って靴を履いていたタヌキに、キャリーが言った。

「返事が来たら読んだるさかい、いつでも持って来いや」

「返事はいつ来るやろな?」

「ジョンは字ぃ書けんのかいな?」

「読むのは読めるみたいやけど、書く方は得意やないいて言うてたわ」

「そやったら、誰かに代筆頼むやろ。それから太平洋を船で渡って来るんやし、時間かかるで」

タヌキは神妙にうなずいた。

「太平洋か……。うちの兄ちゃんはアッツ島で戦死したんや」

「兄ちゃんて、何番目の？」

キャリーは特に驚いた風もなく、たずねた。

「三番目や。三郎て言うねん。骨壺には紙きれが一枚入ってただけや。うち、アッツから復員した人に偶然会うたことあんねん。聞いたら、三郎兄ちゃんはあの山崎中将を守ろうとして、三十メートルも離れたとこから走って行って、代わりに撃たれたんやて。敵の鉄砲が狙ってるのに気がついて、中将の前に立ちはだかったらしいわ。うち、悔しいねん。せっかく兄ちゃんが身代わりになったのに、中将もそのあと、やられてしもたから。うち、この手紙を届けるついでにアッツに寄って、兄ちゃんの骨拾いたいわ」

タヌキは框に座ったまま、遠い目をして語った。キャリーは畳の上にしゃがんだまま、足の爪のささくれを、ピンクのマニキュアのついた中指でほじっていた。

「なんにせよ、気長に待たんとあかんで」

おれは勇敢な三郎兄さんの戦死譚に感じ入り、タヌキの丸い背中を見送った。

「またあんな嘘ついてからに」

二階へ上がる前、キャリーがつぶやいた。

「え、今の話は嘘？」

うつぶせで本を読んでいたおれは、身を起こしてたずねた。

「嘘に決まってる。タヌキの兄さんの戦死の話を何回聞いたことか。一番目やったり九番目やったり、なんぼなんでも多すぎる。あれがほんまやったら、タヌキの兄さんらだけで日本は戦争したことになるで」

キャリーは取れた爪のかけらを土間に放った。

「ほな、テキサスに帰ったダーリンに手紙出すのも嘘やの？」

「さあな。金は払いよったけど。あの住所がほんまかどうかは、わからへん」

「ほしたらそれも、嘘ちゃうか」

だまされたことが恥ずかしくなったおれは、ついそんなことを言ってしまった。

＊＊＊

進駐軍のカーニバルは、毎年二月に開催された。

「よっしゃ、行くぞ」

底冷えする日曜日。おれは丈夫と進を連れて、皇子山体育館に向かった。年に一度の貴重な機会だ。進駐軍キャンプの行事に日本人が参加することはあり得なかったが、これだけは近所の住人も出入りができた。

バスケットボールコートが三面くらい取れそうな体育館に、大勢の兵士が集っていた。日本人はおれらのような男の子供ばかりで、パンパン以外の日本の女はいなかった。なんだかんだ言っても、進駐軍兵士と仲良くする日本人は限られたのだろう。

会場にはきらびやかな電飾が施(ほどこ)され、バンドが陽気な音楽を奏でていた。あちこちにある人だかりの向こうでは、ゲームなどの催しものが行われていた。

きょうだい三人でぶらぶら歩いていると、酔った兵士が進に紙切れを手渡した。

「兄ちゃん、こんなんもうた!」

カーニバル専用のチケットだ。兵士たちは小さな子供に、チケットを気前よく分けてくれた。

「よっしゃ! おれに任しとけ」

三枚のチケットを握りしめ、おれは一目散にリンゴ取りのコーナーに走った。たらいの水に浮かんだリンゴを、ダーツのような矢で射止めるゲームだ。

人が泳げるくらいの大きなたらいから三メートルほど離れた場所で、プカプカとたくさん浮かんだリンゴのひとつに狙いを定める。矢が刺されば、そのリンゴがもらえるというわけだ。

たらいに向かい、洗濯板のように斜めに差し入れられた大きな板の端には、白いワンピースを着たアメリカ人女性がニコニコして座っていた。白い縄を引くと板が傾き、すべり台をすべるようにその女性が水の中に落ちる。チケット一枚で三本の矢と交換するか、白い縄を引くか、どちらかを選べた。もちろんおれは矢と交換した。

丈夫は八歳、まだ射的技術は十分でなかった。五歳の進は矢がたらいまで届かない。その点、すでにおれは上級者だった。

たらいの中は水がうねって、リンゴが上下に揺れていた。これでは的が定めづらい。さっき誰かが白い縄を引いたな。そう察したおれは、いったんそこから離れた。

ホットドッグ・スタンドが見つかった。

「ホットドッグ、食おけ」

わくわくしながら、チケット一枚をホットドッグひとつと交換した。

「わあ、兄ちゃん。おれも、おれも」

おれと丈夫は立ったまま、紙に包まれたホットドッグを両端からかぶりつき、ふたりでモグモグと食べ合った。そばにいた兵士が大笑いでおれらを眺めていたが、そんなことはお構いなしだった。

進駐軍のホットドッグは本当に大きかった。おれらが必死でかじってもなかなか減らなかった。ソーセージはプリプリとして弾力があり、スパイスのいいにおいがした。パンもやわらかく、外側が軽く焼かれていて香ばしかった。

自分も食べたいと進が泣き出したので、ホットドッグの真ん中を進にゆずった。兄ふたりの歯型がついたホットドッグを、口の周りをケチャップだらけにして、進はむさぼった。

そうこうしているうちに、たらいの水のうねりが落ち着いてきた。

おれはエンピツを握るように矢を持ち、これだというリンゴめがけて投げつけた。

「ビンゴゥ！」

担当の兵士が声を上げた。そして矢の刺さったリンゴを網ですくい取り、手渡してくれた。ピカピカと真っ赤に光る、日本では見かけないリンゴだ。

「サンキュー！」

普段は恥ずかしくて言えないのに、ああいうときは素直に英語が出た。

「ほれ、食え食え」

丈夫と進にリンゴを渡すと、ふたりはかわりばんこにリンゴにかぶりついた。おれは残りの矢を投げ、さらにリンゴをふたつ手に入れた。

おれの次は太った兵士が白い縄を引き、仲間たちをどよめかせていた。

たらいの中に落ちた女性が水中で大げさにもがき、やがてリンゴを手にして立ち上がる。ワンピースは白くて薄いから、濡れると下着の線が丸見えになる。中にはブラジャーをつけていない人もいて、あちこちから冷やかしの口笛が鳴らされるのだった。

おれはリンゴをひとつ食べ終えると、もうひとつは静子と美幸へのみやげにした。そして、また進がもらったチケットを、チョコレート・ビスケットとホットドッグとに交換した。

「あっ、キャリーや」

丈夫が声を上げた。弟の指す方には、マイケルと腕を組んで歩くキャリーがいた。

「なんや、あんたらも来てたんか」

キャリーはおれたちに近づいて来て、進の頭をなでた。マイケルは飲み過ぎたのか、顔が猿みたいに赤かった。

「さっき、勇兄ちゃんがリンゴ取ってくれてん！　勇兄ちゃん、矢投げ、うまいねん」

進がおれを自慢した。

「リンゴ、うっま、うっまかったで」

丈夫もうれしそうに言った。

「勇は矢投げがうまいのか。それは知らんかったな」

キャリーがマイケルに英語で話しかけると、マイケルは大きくうなずき、軍服のポケットからチケットを一枚とり出し、おれに手渡してくれた。

「それでもう一回やり、て」

天にも昇る心地になった。食べものが手に入るのもうれしかったが、大人に認められたことが誇らしかった。

「キャリーは、マイケルと、結婚すんの？」

ビスケットで口の中をいっぱいにさせた丈夫が、ふごふごとキャリーにたずねた。

「なに言うてんの、この子は。子供のくせに」

キャリーは丈夫の頭を、軽く小突いた。

「男と女は仲良うなったら、結婚せなあかんねんでー」

丈夫は偉そうに続けた。

「子供がそういうこと言うもんちゃう！」

珍しくキャリーは強い口調で、丈夫をたしなめた。顔をこわばらせ、いつものキャリーとは様子が違った。

ばつが悪くなった丈夫は、ビスケットの袋をかかえてどこかへ走り去った。進がビスケットを求めて、丈夫を追いかけて行った。残されたおれは逃げることもできず、その場に突っ立っていた。

不穏な空気を読み取ったマイケルが、キャリーに英語でたずねた。キャリーは難しい顔をしながら首を振り、応えるのをためらっているようだった。

「堪忍。堪忍やで、キャリーさん」

なぜキャリーが怒ったのかわからなかった。けれど、おれたちをかわいがってくれる人だ。親も二階に住む人を大事にしている。おれはとにかく謝らねばと思った。

「なんで勇が謝るの」

キャリーはハッとしたようだった。

「勇。あんたはほんまに、弟思いのええお兄ちゃんやな」

キャリーが英語でなにかつぶやくと、マイケルは笑顔になり、上機嫌でペラペラとおれに告げた。

ぽかんとマイケルを見ていたら、キャリーが英語でまくしたてた。ふたりはけんかを始めたように、おれには思えた。

「もう、ほんまに、もう……。この人の言うこと、信じていいと思う？　勇」

訳がわからず、返事はできなかった。

けれどキャリーは、おれの返事など求めていなかった。互いに顔を寄せ合い、キスをしたりと、ふたりはいちゃいちゃし始めたのだ。

急にキャリーがマイケルの太い首に抱きついた。動きが大げさだったので、おれはリンゴを握りしめたまま、身体がビクッと震えた。

マイケルはキャリーの尻ごと身体を抱きかかえ、彼女は両膝をばたつかせた。

赤いハイヒールが上下に動き、エナメルに電飾の光がキラキラと反射した。

周囲の兵士たちが口笛を吹き鳴らし、何人ものパンパンが手をたたいてはやしたてた。

マイケルはキャリーをかかえたまま、回転木馬みたいにくるくると身体を回し始めた。

ショッキングピンクのドレスの裾がひらひらと広がり、西洋映画のダンスシーンのようだと、おれは見とれた。

「勇、ぎょうさん食べて行きや」

ようやく床に降ろされたキャリーは、息を弾ませながら満面の笑みで言った。そして「テイキッツリージーねー」と手を振り、マイケルと一緒に人ごみの中に消えて行った。

第3章

平成二十七年十月

「湖国の郷」を訪れると、ちょうど北原が兄の歩行を手伝ってくれているところだった。

「兄ちゃん、来たで」

正一はおれを無視し、正面の北原に両手でつかまり、自らの足を前に出すことに集中している。

「朝の薬、ちゃんと飲みよったか？」

「うん、飲まはった」

北原は正一の足元から目を離さずに答えた。彼女自身はバックで歩むことになるのだが、やっと誘導の仕方を憶えたようだ。見ていてハラハラすることがなくなってきた。

「今日は『家に帰る』て、言うとらへんか？」

食欲が戻ったはいいが、兄にはまた帰宅願望が見られている。

「さっき、ちょっと言わはったかな」

「やっぱりそうか……」

「そしたら家に帰りましょうって、ここまで連れて来てん。そう言うたらええて、鮒江ちゃんにおしえてもろた」

先輩をちゃんづけするのはともかく、周囲の指導を受け入れている北原を、おれは少し見直した。すぐに退職すると予想していたが、あれから二週間あまり。彼女は意外と長持ちしている。

「今日はスパニッシュオムレツ、持って来たで」

正一を昼食の席に着かせた北原に、持参の紙袋を目で指した。一週間前は里いものサラダを食わせてやった。鰹節とマヨネーズ、醬油で味つけされた変わりポテサラを喜んでくれたので、おれは味を占めたのだ。

「昼メシのとき食うてみ」

小声で伝え、他の職員が見ていないことを確かめて、彼女の腰の高さにタッパーを差し出した。さりげなく受け取った北原は、ぞんざいにジャージのポケットに突っ込む。あうんの呼吸に、おれは秘かにほくそえむ。

「スペイン風のオムレツや。具がぎょうさん入ってるやつ。食べたことあるか？」

「給食で食べたかも」

「そのままでもええけど、ちょっとレンジでチンしてみ。ケチャップもつけてな」

鼻の頭に細かな汗を浮かべ、北原はうなずいた。

「服部さん、料理、趣味やの？」

「趣味と実益を兼ねてる。兄貴はここのより、おれのメシの方が好きみたいやし。おれも登山で慣れてて、料理は嫌いやないし。なにより気がまぎれるからな」

「弟さんは、ほんまにお兄さん想いですよねえ」

唐突に小野が割って入ってきた。この人は北原を監視しているかのようだ。おれが彼女と話していると、どこからともなく現れる。

「それを趣味やのて、北原さん。失礼なこと言うたらあかんよ。服部さんの身体を思って、ご家族が努力してはるのに」

小野は正一の目の前にコップを置き、箸とスプーンを手早く準備した。正一の向かいには同じようなじいさんが、円テーブルに向かって鎮座させられている。

「おれが子供のころ、親父よりも兄貴の方がずっとしっかりしてたんでね。兄貴の稼ぎで家計は回ってたし、兄貴が親に頼んでくれたから、おれは進学できたところもあるし」

「そうでしたか……。弟想いのお兄さんだったから、弟さんもこうしてお兄さんを大事にしておられるんですね」

小野は感激したようにうなずき、わざとらしく鼻をすすった。この様子では北原が受け取ったタッパーには、気づいていないだろう。

「北原さん、佐々木(ささき)さんと岡本(おかもと)さんを、あっちのテーブルに連れてってくれる？」

感動話が効いたか、小野は穏やか過ぎる声で指示した。北原もわざとらしく、「はいっ」といい返事をして仕事に戻った。

正一はスパニッシュオムレツの昼食を終え、内服薬も素直に飲んだ。

ひと仕事終えたおれは兄を車椅子に乗せ、おもてへ出た。山の景色をゆっくりと眺めつつ、湖国の郷の裏手にまわる。さっきまでは晴れていたのに、急に灰色の雲が多くなってきた。

レンガ敷きの見晴らし台までたどり着き、車椅子を木製ベンチの横に停めようとしたときだ。操作を誤ったせいで、足台に置かれていた兄貴の右のつま先が、ベンチの支柱にぶつかってしまった。

「あ痛っ！」

正一はいつになく、正気の声を上げた。

「すまん！」

やわらかいルームシューズのままだったのが、まずかった。兄は口を大きく開け、顔を盛大にしかめている。

「ごめん、ごめん。……どうもないか？　ほんまにごめん」

しかしながら、息をのんで痛みをこらえている兄の姿は子供のようで、おれの頬は自然と緩む。不謹慎だがこればっかりはしょうがない。

「痛いの、痛いの、とんでいけー」

足先をシューズの上から撫でているうち、自然とそのフレーズが口をついた。いきおい、あのことを思い出す。娘の幼いころのことでない。少年だったおれが、赤ん坊にしてやったことだ。あのときは自分でも本当によくやったと、今でも思う。

見れば、正一の渋面はすっかり消え去っていた。

「このまじない、効くもんやな」

あらためて車椅子をベンチのそばに落ち着け、自分もそのベンチに腰かけた。

ここは琵琶湖が一望できる場所だ。琵琶の棹の真ん中あたりをサイドから見下ろし、一部だけれど、地図通りの湖の形が確認できる。

棹の両脇にたたずむ市街地は白くけぶり、ホテル一棟くらいしか高い建物がない。平坦な印象のいかにも滋賀らしいのどかな風景に心が和む。マザーレイクの周りに、近代的高層ビルが建ち並んではいけないのだ。

おれは素朴な大津の、滋賀の自然を愛している。若いころ大阪にいた兄貴も同じだったようだ。所帯を持ち、子供らが中学生になる前、大津に戻って来た。

「ちょっと風が冷とうなってきたねえ」

山の上は市街地より少し気温が低い。正一の上着の前を合わせなおしてやる。

「あんなあ、兄ちゃん。あいつ、ほら、ケントておったやろ。憶えてないか?」

最近の正一は問いかけると、若いころのような柔和な笑みを浮かべるようになった。

「ほら、うちの二階に住んどった、ほら、女の……」

兄は微笑みを消して、言った。

「帰る」

「帰るって、今来たばっかりやんけ」

「帰るぞ」

兄は急にそわそわし出し、車椅子から立ち上がりそうになる。

「……あー、わかった、わかった。よーし、帰ろう、帰ろう」

正一の両肩を押さえ、すぐさま車椅子を動かした。ぐるりとあたりを一周し、元の場所に戻る。

「あ、あそこにあるのはなんや？」

正一は落ち着いたが、今度は琵琶湖の方を指し、ひとりブツブツと話し始めた。

「あれは……琵琶湖大橋やな」

「えー？　なんでえ、天秤担いどるやないか」

「……天秤担いどるやつが見えるか」

ケントには会ってみたい。しかしそうすると、おれがあいつにやったことを、話さねばならない。ヤツが養護施設で育ったのはある意味運命だったと思うが、あいつはおれを恨むかもしれない。嘘も方便、いっそ他の人間がやったことにするか。

誰かに相談したいが、静子は亭主の介護に追われている。もっとも静子は正一同様、きょうだい間でも当時の話を絶対にしようとしない。幼かった美幸は、ケントのことすら憶えていないだろう。

進はギリギリ記憶があるかもしれないが、頼りにはならない。人づきあいが苦手で独身を貫き、黙々と佃煮(つくだに)工場で働くだけのつまらない男だ。末っ子が一番、親父に似てしまった。

本当なら丈夫と話したいところだが、これがまたためらわれる。丈夫のやっている小さな工務店は、昔と違って火の車らしい。ならば、おれを頼ってくるかと思いきや、すぐ上の兄にライバル心を抱いている弟は、いっこうに連絡してこない。そうなるとこちらも放っておこうというものだ。

親父とおふくろは三十年以上も前に鬼籍に入った。女房もいない。友人にも、実の娘にも事情は話せない。身内といえども、わが家の恥部をさらすわけにはいかない。

どうせケントは、母親には会えないのだ。もうこのままそっとしておく方が、身のためではないだろうか。人生この先、悪いことは起こっても、いいことが起こるとは思えない。女房の死も乗り越えつつある。余計な波風を立てたくない心境だった。

「お前、メシはまだか?」

天秤から一転、雪の伊吹山(いぶきやま)で百メートル進むのに二時間かかったとぼやいていた兄は、突然妙なことを言い出した。正一とは若いころに何度か一緒に登山をしたが、早くメシにしたがるのは、いつもおれの方だったのだが。

「メシ? 昼メシて、さっき食うたやんけ。オムレツ、食うたやん」

「食うてない」

正一が食事したことを忘れるのは、初めてだ。

「兄ちゃん、お粥も茶わんに半分食ったし、野沢菜も食うたぞ」

「食うてないわ。ええ加減なこと言うな」

「……メシは今作ってくれとる。ちょっと待ってくれ」

「遅いな。早よ作るように、コックに言うてくれよ」

兄はようやく納得し、琵琶湖に目を戻した。

相談どころか、正一とは普通の会話をすることも、もうかなわないのかもしれない。最近妙に昔のことばかり考えているせいか、若いころとのギャップが大きく感じられ、余計につらかった。

＊＊＊

日曜日。夜空に映える赤い楓を愛で、駐車場の車に乗り込んだ。

今日は夕食まで正一に付き合ったので、遅くなってしまった。昼間はあんなに停まっていた車が、親や祖父母との面会を終えた家族を乗せ、ほとんどなくなっている。

ゆるやかにカーブした道路を下る。対向車とは一台もすれ違わない。山からイタチかなにかがとび出してきそうだ。さすがに鹿は出ないだろうが。と、考えたところで、鹿革の手帳を正一のベッドサイドに置き忘れたことに気がついた。しまった。たちまち必要じゃないが、やはり他人には見られたくない。まったくボケとるわいと、そのままUターンできる場所まで道なりに走った。

ほどなくして、道路の右側に側道が見つかった。小さな道路照明灯が照らす砂利道に頭を突っ込み、バックしようとしたとき、先方に黒っぽいSUVが停車しているのが見えた。あたりは真っ暗だ。

お楽しみ中か。

そう思った瞬間、SUVの助手席のドアが開き、長い髪の女が転げるように降りて来た。ミニスカート姿でこちらを向いた女の顔を、おれの車のハイビーム・ライトがはっきりと照らした。

なんと女は北原だった。

まぶしそうにする北原は、ずり落ちた丸首セーターを肩に戻し、黒いタイツを軽く引き上げている。脱げかけた衣服を直しているらしい。

思わず、ギアハンドルを握る手を止めた。

北原はSUVの中の誰かと二言三言、言葉を交わすと、また助手席に乗り込んだ。

SUVが動く気配はない。北原は助手席に座っている。

運転席のシートは倒されているらしく、フロントガラス越しに、ときどき頭や腕のようなものが見え隠れする。若いヤツらのすることに首を突っ込む気はないが、知った顔だけに、ちょっと気になる。

おれはその場でUターンするのを止め、ゆっくりと直進、SUVの横を通り過ぎた。悪路で車はガタガタ揺れる。バックミラーに映ったSUVは、発進する気配はない。そのまま暗闇の中を五、六百メートルほど進んだろうか。

意外にもきれいに舗装された道に出た。ここへつながっていたかという発見はさておき、おれは車をUターンさせ、元来た道を戻った。

さっき停まっていた場所に、車はなかった。

すっかりしらけたのだろう。じゃましたな、いやいや女にその気はなかったようだからよかったのだと、元の道路に出た。

ほどなくして、寒そうに腕組みをしながらロバのしっぽが歩いているのを見つけた。

「おーい。……おい、どうしたんや。こんなとこ歩いて」

慌てて北原のそばで車を停め、助手席のウインドウを下げた。

「え……あ、服部さん?」

おれも驚いたが、北原も驚いている。

「あんた、さっきのアウトランダーに乗って帰ったんと違うのか？」

「もしかしてさっきのベンツ、服部さんやったん？」

北原はおれの顔までは見えなかったのだろう。

「どこまで行くの？」

「湖国の郷」

なんとＳＵＶの運転手は、北原を置き去りにしたらしい。

「こんな山道、歩いたら危ないぞ。おれも忘れもん取りに戻るから、乗りなさい」

こんな寂しいところで男の車に乗るだろうかと思ったが、脂の抜けた年寄りに警戒不要と判断したか、北原はおれの言葉に素直に従った。

「彼氏とけんかしたか？」

無粋にもたずねてしまった。暗闇でも、彼女の顔は青ざめているように見えた。

「……彼氏とちゃうし」

相手は交際相手ではなかったらしい。おれはあらためて北原の服装に目をやった。

ミニスカートだから、太ももの形がはっきりわかる。丸首が伸びて肩がずり下がったセーターは、普通にしていても胸元が大きく開くため、露出度が高い。こんな格好の女とふたりきりになれば、下心のある若い男ならムラムラしてしまうだろう。

「なんか飲むもんでも、買うか？」

「どこで？」

「自販機あらへんかな」

「………」

「ミルクコーヒーか汁粉を飲んだら、身体があったまると思うけど」

「汁粉って」

北原は吹き出したようだ。おれもつられて笑う。

「服部さん、スパニッシュオムレツ、おいしかったわ」

暗い車中で北原は明るく、そして唐突に言った。

「あのオムレツ、分厚くて、めっちゃ味がついてた」

妙なところを目撃されたのをごまかしたいのか。北原は食いものの話を始めた。

「あのオムレツは下ごしらえがポイントや。じゃがいもはゆでてからオリーブオイルで揚げて塩ふっとく。にんじんはコンソメスープで煮とく。ほうれん草としめじはバターで炒めてな。それを全部卵に放り込んで、蒸し焼きにしたらでき上がりや」

おれはスパニッシュオムレツの作り方を、あえて詳しく伝授した。

「そんな難しい料理、おしえてくれても、あたし無理やけど」

「なんや、料理でけんのか。お母さん、仕事で疲れてたやろうから、北原さんが手伝うてあげてたんちゃうの」

「小学生のときは、夕飯作って待ってたで」

「ほう。どんなもんを？」

「スパゲティ」

「なにスパゲティ？」

北原は「うちは『スパゲティ』っていうメニューがあってん」と、ポツリと言った。

「スペシャル・スパゲティか。おれはスパゲティ・ボンゴレが一番好きや。トマトの缶詰とあさりで作ったら、ものすごくうまいぞ。にんにくもたっぷり入れてな」

「そんなんと違う。スパゲティだけや」

「え？　スパゲティだけ？」

「塩でゆでたら、味ついてるやん」

「オリーブオイルはかけへんの？」

「かけへん」

北原家はどういう食生活だったのかと疑った。

「まあ、小学生が作るもんやからなあ」

「うどんに醤油かけたのは、『うどん』て言うねん」

「具は？」

「ない」

「おつゆもなしか？」

「醤油薄まるし、汁は入れへんねん」

「伊勢うどんみたいなもんやな」

「うどんを醤油で食べるの、おいしいで」

「おれも子供時分、麦飯に醤油かけてよう食うたわ」

沈黙が訪れた。

夜のとばりを割くように、カーブでタイヤが軽くきしんだ。

「今は焼き鳥屋さんでバイトしてはるらしいけど、お母さん、前はなんの仕事をしてはったんや？」

おれはたずねた。どうにも気になって、仕方がなかった。

「電話のオペレーター」

「もしかして派遣か？」

「派遣もなかなか合うとこなかったみたい。パートで働いてた」

「合うとこ、そんなになかったか?」

「妹がしょっちゅう喘息の発作を起こして、お母さん、保育園からよう呼び出されて、嫌がられててん」

パートタイマーではボーナスはないだろう。その経済状況でふたりの子育て。しかもジジババは頼れないときた。

もしかしたら北原家は困窮していたのかもしれない。昨今報道されている「貧困」の文字が頭をよぎる。

「でも中学になって、お母さん、生き方変えたし……あ、あれがあたしの車」

湖国の郷の駐車場に入り、北原が指す方に車を進めた。

少年期の食生活を、おれは思い出していた。自然とケントからの手紙も頭に浮かぶ。あれからことあるごとに考えてはいるが、結論は出ていない。

「子供のころはうどんとスパゲティだけでも、今は北原さんも働いてるから、いろいろ食うてるやろ。プリンとかあんパンとかチュロスとか」

おれはおどけた口調で言ってみた。

「うん。牛スジ煮込みとか里いものサラダとか、イカ飯とか」

そして「スパニッシュオムレツとか」と、ふたりの言葉がかぶると、北原は笑った。この娘はそんなにバカでもなく、話が通じないわけでもなさそうだ。

「あんた、まだ二十歳やろ。これからやで。がんばり」

赤いミラのそばに車を停め、おれは励ました。年齢も性別も異なるが、なにか通ずるものを、この娘に感じた。

「うん。がんばりまっさ」

北原はシートベルトを外しながら、いつものように元気に応えた。たぶんおれの憶測は、大きく外れてはいないのだろう。

「どうもありがとうございました」

男とのいざこざのショックは、すっかり消えたようだ。明るい声で頭を下げる北原に安心し、この際きちんと忠告してやることにした。

「北原さん、その気もないのに、あんな寂しいところでふたりきりになったらあかんで」

「だって、静かなところで話そうって、言われたんやもん」

唇を尖らせる北原は、なんとも頼りない。男の生態をまったくわかっていない。

「せっかく車が通りかかったんやから、助けてくれて言わなあかんで」

「誰かに知られたら、あの人、かわいそうやんか」

この期に及んで、やさし過ぎる北原に驚く。

「大きな声出すだけで違うんや。たいていの男はそこまで根性ない。ずーっと大きな声出されたら、ひるんでその気をなくしよる。女があきらめてくれるのを、待ってるんやから。黙ってたら、イケると思いよるで」

「そんな声、出されへんわ。カッコ悪い」

「出さなあかんて。女は自分で自分の身を、守らんとあかんねんから」

娘の思春期にも、口を酸っぱくして言ってきたことだ。

「せっかく車降りたのに、また乗ったやろ。あれも感心せんなあ」

「だって、カバンを車の中に置いたままやってんもん」

「こっちに投げろて、言うたらよかったのに」

「返してって言うたけど、自分で取りに来いって」

相手はずいぶんズルい男のようだ。と思った瞬間、北原は大声を発した。

「んもう！　この話、したなかったし、オムレツに話、持って行ったのに」

ハッとした。つい調子に乗ってしまった。まるで孫娘のように思えたのだ。

「すまん……。そうやな。嫌に決まっとるわな」

おれのこういうところを、娘は嫌がっていた。ちょっと親しくなると、すぐに説教したがる。どうにも治らない悪い癖。しかもこれは、男女のデリケートなことなのに。

「ごめん、ごめん。……いや、あの、もうやめとくけど……ひと言だけ。ひと言だけ言わせてんか。おれはな、女はもっと強くなった方がええと、言いたかっただけなんや」

言い訳したかったのもあるけれど、やはりこの娘のことが心配だった。

「強くなるには自信を持つことが必要やねん。自信を持てれば、勇気も出る」

「勇気って、なによ？」

うんざりしたように、北原はたずねてくる。

「なにって……自分の要求を、きちんと他人に伝えられることや。あんた嫌なことは嫌て、ちゃんと人に言えとるか？　一見、思ったことをなんでも口にするタイプのようやけど、実は言えてへんのと違うか？」

北原は複雑そうに、口をへの字にしている。

「自分にはこんな力があるて、人に言えるもんがあれば、自信が持てて勇気が出る。そうすると、なんでも言えるし、自尊心も保てる。たとえば学歴とか資格とか、特技を得ると違うもんやで」

「人に言えるもんなんてないわ、あたし。だいたい高校も中退やし」

「ほなあんた、特技はなんや？　介護か？」

「介護は得意じゃない。全然向いてない」

「そんなことないと思うぞ。ちゃんと成長しとるよ。せっかく出会った仕事やないか。なんでもすぐプロになれん。継続は力なり。得意なことができたら自信がつく。自信がついたら勇気が出る」

緩く首を振った北原に、熱弁をふるう。

自分の信念を若い者に伝えたかった。この先北原に無視されても、かまわないと思った。

「北原さん、もう一回がんばったらどうや。中卒と高卒じゃ、給料にも差があるやろ」

「今から勉強って、無理無理」

「ほな、なんかしたいことあるやろ？　興味があること」

今にも車から降りてしまいそうな北原だったが、嫌々ながらも、おれの質問に答え続けている。これは見どころがある。現役時代、素直過ぎる部下より、こういう部下の方が大きな成長を遂げたものだ。

「……あたし、漫画が描けるようになりたい」

しばらく思案していたような北原は、唐突に言った。

「は？　漫画？」

「あたし、漫画家になりたい。ちっちゃいとき、なりたかってん。『ONE PIECE』読んで、わーっと感動して、こんなん描きたいなって。なれたら自信つきそう」

思わずずっこけそうになり、二の句が継げなくなった。

「もっと現実的なことを……。最近は漫画家も、昔ほど難しくないみたいやけど」

「夢は大きい方がええやん。あたし、漫画描いてみようかな。そしたら自信がつきそう」

「それもまあ、ええけども……」

「あたし、がんばりまっさ」

宣言して北原は外に降り立つと、ニカッと笑い、力いっぱい車のドアを閉めやがった。

第4章

昭和二十七年（一九五二）三月

しばらくぶりにオリビアがわが家を訪ねて来た。彼女はうちにいたときと違い、長い髪をきれいにまとめ、うしろ姿だけなら原節子（はらせつこ）のように清楚（せいそ）な印象だった。

「みんな久しぶりやな。元気やったか？」

白い無地のワンピースにベージュのコートを羽織ったオリビアは、四畳半で遊んでいたおれたちきょうだいに微笑んだ。

「急にどうしたん？」

洗濯場から出て来たおふくろは、急に退居したオリビアに対して不愛想だった。

「服部さん、その節はすんませんでした。はいこれ。つまらんもんやけど」

オリビアは土間に入り、手にしていたうばがもちの菓子折を、おふくろに差し出した。

「まあまあ、これはこれは。えらいおおきに」

おふくろは急に相好を崩して、四畳半の框にオリビアを腰かけさせた。

「あんた、なんや雰囲気変わったな。髪型も変えて」

「うん。ダーリンがこの方がええって言うから、編み込んでんのよ」

オリビアは得意げに言い、まとめ髪を軽く手のひらで押さえた。そのときワンピースの袖からのぞいた左の手首が、青じんでいるのが見えた。

「化粧もしてへんやんか」

「ダーリンが『きみは肌がきれいやから、化粧はするな』て言わはるの」

「え？　あの垂れ目の人が？」

うちにいたころのオリビアは、他のパンパンたちと同じように真っ赤な口紅をつけ、目のまわりを黒く縁取り、真っ青なアイシャドウを塗っていた。

「違うの。垂れ目のテッドはこの間帰国したの。そやからテッドに友だちを紹介してもうたの。今はトミーがダーリンやのよ」

顔の前で手を振りながら、オリビアは言った。

「トミーはテッドと違て、すごくやさしいのよ」

「そうやったんか。化粧するなて言うアメリカ兵もいるんやな。……ふーん。うちもチリチリよりも、まとめてる方が、あんたには似合うと思うわ。トミーさんはオリビアさんのこと、ようわかってはるみたいやな」

おふくろがおだてると、オリビアはうれしそうに髪に手をやった。そのときまた、オリビアの手首の青じみが見えた。

「ところで、まだいるの？」

オリビアはひとさし指を立て、上の方を指しながらたずねた。

「キャリーか？　住んでるで」

「そう……」

「なんや、キャリーに用事か？　やはるで。呼んできたろか？」

オリビアは即座に首を振った。

「ううん、違うねん。あんな、あの人、隣に誰か住んでもええて、言うてへん？」

「そんな話は全然ないわ。キャリーは広い方がええて、喜んでる」

おふくろの答えに、オリビアは残念そうな顔になった。

「なんや。あんた、またキャリーと住みたいのか？」

「いや、そんなことない。……実はなあ、もうちょっと安い部屋はないかと思て」

オリビアはため息交じりに言った。

「福山さんとこは高いんかいな」

「八畳やけどな、日当たり悪いのに、五千二百円やねん」

「広いさかい、そんなもんちゃうか」

「それだけやのうて、ちょっと困ったことがあるんよ」

「どうしたん？」

「実はなあ、ばあちゃん、トミーが来ると、部屋をのぞくんよ」

「えー？」

おふくろは軽くのけぞった。

「ふすまの隙間から、こうして見とるねん。目が見えたるねん。男ならまだしも、ええ年したばあちゃんにずっと見られたら、気色悪いで」

言いながらオリビアは、福山さんをまねて手を動かし、顔を傾げたりして見せた。

「ふすま蹴って、あっち行けーてやったるんやけど、しばらくしたら、また見とるねん」

福山さんは未亡人で、当時六十歳くらいだった。子供らはみんな家を出て、福山さんがひとり平屋に暮らしていた。

「テッドのときはそんなことせえへんたのに、トミーに替わったら急に、やねん」

「なんぼ後家が長い言うても、あの上品な奥さんがなあ。人は見かけによらへんもんやな」

　おふくろは目を丸くしながらも、ニヤニヤしていた。

「ここは二階やし、簡単にはのぞかれへんやんか」

「あんた、一階やったら、うちが部屋をのぞくと思てんのか？」

「まさか、そんなこと思てないわ。奥さんとこは信用できるから、こうしてわざわざ頼みに来たんです」

　おふくろの気分を害したと焦ったオリビアは、下手に出た。おふくろはそれを楽しむかのように、からかうようなことを口にした。

「トミーさんのモンがあんまりごっついし、福山さんも拝みたいんちゃうか」

「いややわ、奥さん。アレはテッドの方がずっと大きかったで」

　オリビアも応じ、ふたりは大笑いした。

「あたし、酒屋にも行ったんよ。けど今はどういうわけか、ええ部屋があらへんねん」

　確かにうちの二階ならば七百円安いし、日当たりも申し分ない。おれたち子供に気軽にお使いを頼むこともできる。

「もし、キャリーが出て行くことになったら、次また、うちに貸してほしいねん」

　懇願するように、オリビアが言った。

「そやけど、隣に誰か住んでもええのか？」

「かまへん。今度はうまいことやる」

オリビアは唇をキッと結んだ。

「ほしたら、酒屋に言う前に、あんたに知らせるようにするわ」

おふくろが約束すると、オリビアは笑顔になった。酒屋に仲介手数料を取られずにすむことは、オリビアにとってもおふくろにとっても、好都合だったのだろう。

＊＊＊

小学校の帰り際、柴屋町（しばやまち）に住んでいた清政（きよまさ）君が、家に遊びに来いと誘ってくれた。柴屋町はうちと反対方向で、琵琶湖疏水を渡らねばならなかった。

石垣づくりの立派な河壁と閘門（こうもん）を見ながら橋を渡り、新しいベーゴマで遊ばせてもらうのを楽しみに、博孝ちゃんと三人で歩いた。バーやカフェ、貸座敷が建ち並ぶ通りの先、映画館の手前が清政君の家だった。

「GI刈りにしたらええやん！」

甲高（かんだか）い声でパンパンが叫ぶのを耳にし、おれたちは声の方向に注目した。

うどん屋の軒先で丼と箸を持った三人のパンパンと、ひとりの日本人の中年男が立って談笑していた。中年男はいかにもやさぐれた風情で、赤いアロハシャツに白いジャケット姿だった。

叫んだと思われるパンパンは、片手に持った丼の中に箸を突っ込み、空いた手で中年男の髪を触ったあと、その手で男がくわえていた煙草を横取りした。

他のパンパンふたりが品のない笑い声を上げた。

煙草をくわえたパンパンの顔を、おれは思わず凝視した。

口元のほくろ。高い鼻。天を仰いだときに浮かんだ頬の影。

まぎれもなく小雨の夜、うちに雨宿りを請うた女の人だった。

あのときの格好とはうって変わり、女の人は髪に電気パーマをあて、カラフルなワンピースに身を包み、高いハイヒールを履いていた。唇が赤く塗り込められ、けぶった春の陽の光に照らされた肌は、なまめかしいくらいに白かった。

おれがあまりに見つめたので、博孝ちゃんが「知っとんのけ?」とたずねてきた。

同時に中年男が、おれに気づいた。

あごを上げて怪訝な顔をした男の様子に、高い鼻の女の人も気づき、「お前ら、月見うどん食べるか!?」とこちらに向かって怒鳴った。

おれたちは慌てて、その場から逃げた。

あの女の人が、あんな風になったとは――。

雨宿りを断った仕返しをされたようだった。おれに気づいていなかったろうが、嫌な気分になり、胸の動悸がなかなか治まらなかった。

清政君の家に着くと、博孝ちゃんは「誰や？」と、再びおれにたずねてきた。

あんなに大きな声を出せるようになったのか。連れていた子供はどうしたのだろう。

様々な疑問が頭に浮かんだが、おれは博孝ちゃんに答えず、黙っていた。

「うどん、食いたい言うたら、食わしてくれたかなあ」

博孝ちゃんがつぶやいた。清政君は近所だから、しょっちゅう彼らを見ていたのだろう。

「機嫌よかったし、一杯くらいおごってくれたと思うぞ」と言い、「あいつら、機嫌がええときと、悪いときがあるしな」と、少し困ったように言った。

「ほしたら、食べるて言うて、行ったらよかったねえ」

続いて博孝ちゃんが言ったセリフに、おれは「あんなヤツらにおごってもろたら、あとでなにを要求されるかわからんぞ」と強がり、清政君の家に入った。

＊＊＊

新学年の始まった四月も早々、高島に住んでいたキャリーの弟が、うちにやって来た。名を恒男と言い、坊主頭の少年だった。十五歳にしては背が高く、借りてきたという上着は大人用だったが、それがサマになるほど、肩にも腕にも肉がついていた。高島の家は食いもんに困ってへんのやな。おれは心底うらやましく思ったものだ。

恒男とキャリーの両親は早くに亡くなり、ふたりは子供のころ、叔父さん夫婦に引き取られた。戦争が終わり、キャリーだけが家を出た。残された恒男に、キャリーは仕送りをしている。そんな話をおふくろから聞いていた。

「学校を休んでまで会いに来るのは、よっぽど姉ちゃんが恋しいのやな。あの子は殻ばっかりで実は小さい」と、おふくろは半ばあきれていた。

「あんたら、あたしの仕事、知ってるか？」

恒男が来る前の晩、キャリーはおれと丈夫にたずねた。

キャリーはウェイトレスだと、聞かされていた。キャリーの「仕事」と「パンパン」と「オンリー」は、おれの中でちゃんと結びついていなかった。

「レストランで働いてるんやろ?」

おれの返答にキャリーは満足げにうなずき、「マイケルがここに来てることを、恒男に言うたらあかんで」と続けた。

「なんで?」

「レストランの人に知られたらあかんしや。マイケルは店のお客さんや。従業員がお客さんと外で仲良うすんのは、特別扱いしてるて、叱られてしまうねん」

どうして恒男がレストランにばらすのか。普通は身内の味方をするものだ。もしかしたら恒男は学校の先生のように、規律に厳しい人間なのかもしれない。そう考えた。

「でもマイケルが来てしもたら、どうすんの?」

おれらが言わずとも、当の本人がやって来たらどうしようもない。

「あの人は十日くらい浜松に行くし、しばらく来うへんねん。恒男は一週間もせんうちに帰りよる。そやから大丈夫や」

「わかった。絶対言わへん。なあ、丈夫」

もう詳しい理由などどうでもよくなり、おれも弟もうなずいた。キャリーの手のひらに、いくつかのキャンディーが握られているのが見えたからだ。

恒男は滞在中、ずっとうちの二階にいた。おふくろによると、おれらが学校に行ってている間も、外へ出ないらしかった。

キャリーは毎日外へ出かけ、夜になると帰って来た。普段昼間はあまり出かけないのに、弟が来ているから真面目になったのかと、おれは思った。

恒男はおれたち家族に、あいさつすらしなかった。キャリーの心配したような質問など、到底されそうになかった。拍子抜けするほどなにもない日々の静寂は、恒男の滞在五日目の夕方に破られた。

「ハロゥ」

格子戸を開ける音とともに、聞き覚えのある声がした。

四畳半でおれと進とメンコで遊んでいた丈夫は、ガラス戸を開けて「ハロー!」と、あいさつを返した。

「ハイ　ボーイズ」

マイケルは四畳半の上がり框に、革靴を脱ぎ捨てて上がった。

マイケルは浜松にいるのではなかったか。いやそれよりも、二階にはキャリーもいるが、恒男もいる。恒男とマイケルが鉢合わせになるのはまずいのでは。

焦ったおれは、マイケルのそばに近づいた。

「ギブミー　チョコレート」

いつもは目を合わせようともしないおれが話しかけたことに、マイケルは驚いたようだった。だが即座に「持っていない」とわかるジェスチャーをした。

引き留めに必死なおれは、「ギブミー　シガレット」と、食い下がった。そのころはやらなくなっていたが、もっと小さいころ、もの乞いしていたことを思い出したのだ。

マイケルは一瞬変な顔をしたが、胸ポケットに入れていたラッキーストライクの箱から一本抜き出し、あっさりと手渡してきた。それ以上はどうすることもできず、おれは二階へ上がる兵士を無言で見送った。

すれ違いざま、ミルクのような甘いような、マイケルの体臭を鼻に感じた。日本人とは違うアメリカ人のにおいだった。

すぐに大きな物音がして、二階から誰かが降りて来た。

てっきりマイケルかと思った。恒男に見つかったので、慌てて逃げたのだろうと。

けれど階段から土間に向かい、下駄を履いたのは恒男だった。

恒男はそのままおもてにとび出した。急いで追いかけ、通りを見渡したが、恒男の姿はもうなかった。

二階からキャリーの悲鳴と、マイケルの怒号が聞こえた。キャリーがやまんばになったときのような、ドタンバタンという不穏な音も聞こえてきた。

二階の床が振動し、三畳間の電灯が震えた。おふくろはそんなことはおかまいなしに、ちゃぶ台の上に夕飯を並べた。

「もしかしたら、間違われたんと違うか」

煮干しと大根の葉の味噌汁をすすりながら、おふくろは天井に視線を向けた。

「あの弟は大人みたいに大きいやろ。マイケルは、キャリーが他の男を引っぱり込んだと勘違いしたんやで」

涼しい顔で解説するおふくろを、親父が「子供にそういう話をするな」とたしなめ、

「勇、だしじゃこもちゃんと食え」と、うまみがなくなり、苦いだけの煮干しを汁椀の陰に隠したおれのことも叱った。

「ふん。なにを今さら」

おふくろの口応えに親父がブツブツ言い出し、また夫婦げんかが始まった。

マイケルは他の男と一緒にいたキャリーを怒ったらしい。おふくろの表情からして、なるほど男女の仲とはそういうものかと、おれは悟った。

恒男はレストランの人に告げ口に行ったのだろうか。キャリーはクビになるかもしれない。キャリーが困るのはかわいそうだ。

二階と一階の諍いを耳に、そんなことを考えながら、粗末な夕飯を取った。

二階の騒動は三十分もするとおさまった。

夕食が終わると、おれは三畳間で読書感想文を書いた。学校の図書室で本を借りたら、感想文を三日以内に提出しないと、一週間の貸出禁止を食らったからだ。貸本屋で本を借りると十円かかる。おれは図書室の貸出を死守するため、嫌々ながらも帳面に向かっていた。

鉛筆を握るおれに、丈夫と進がちょっかいを出してきた。感想文など元々書きたくないのでつい遊んでしまう。すぐにきょうだいげんかになった。

おれたちは新聞を読んでいた親父に怒鳴られた。丈夫は泣きべそをかきながら、いじけてひとり遊びをし始めた。進は泣き疲れて眠ってしまった。

腹立ちがおさまらないまま、おれは再び帳面に向かった。

二階はやけに静かだった。

恒男が戻って来る気配はなかった。

ミシッ　ミシッ　ミシッ　ミシッ　ミシッ　ミシッ――。

リズミカルに家のきしむ音が二階から響き、天井の電灯がわずかに揺れているのに気がついた。

それまでも時々感じたことのある振動だった。きょうだいで騒いでいるときは決して気づかない、静かなときにしかわからない音だ。

いつもの音がするということは、キャリーとマイケルはけんかを止めたのだろう。

落ち着きをとり戻したおれは、感想文に集中した。

マイケルはいつもの時間に、二階から降りて来た。

「テイキッツリージーねー」

これもいつも通りだと、三畳間からふたりをのぞいた。そのとき見えたキャリーの顔に、おれはぎょっとした。

キャリーの左の頰が赤く腫(は)れ上がっていたからだ。瞼(まぶた)も腫れて重たそうだった。

そんな顔でキャリーはマイケルと、しつこいくらいの口づけを交わしていた。お互いの唇を食べ合っているかのようだった。

キャリーはなかなかダーリンの手を放そうとせず、マイケルはキャリーの顔を指でなで、なにかしきりに話していた。キャリーは何度もうなずき、腫れた頰と肩でマイケルの手を挟んだり、自分の唇に持って行ったりした。

マイケルはしゃがんだままのキャリーを抱き寄せた。互いの肩に顔をうずめて、ささやき合っているようだった。

長い間その姿勢でいるふたりを、おれは不思議な気持ちで見つめた。

マイケルはキャリーを殴ったことを悔い、一所懸命に謝っている。

ちょっとびっくりした。おれの親父はおふくろを殴っても、謝ったりしなかった。怒ったままで寝てしまい、翌朝はぶすっとして仕事へ出かけた。

アメリカ人は、ちゃんとしてるんやなあ。

おれは幼心にも、マイケルのふるまいに感心せざるを得なかった。


その夜恒男は、みんなが寝静まったころに戻って来た。キャリーに頼まれたおふくろが、格子戸に鍵をかけずにおいたのだ。ガラス戸の鍵は、気配を察したキャリーが開けたらしい。寝ずに恒男を待っていたということは、告げ口されたかもしれなくても、弟だからかわいいのだなとおれは思った。

翌日学校から帰ったおれに、恒男が話しかけてきた。

「この辺に銭湯(せんとう)ないか?」

キャリーは時々銭湯に行っていたので、姉に聞けばいいのにと思ったが、とりあえず場所をかいつまんでおしえた。

「一緒に行こう」

思いがけない申し出に戸惑った。銭湯では言うまでもなく、素っ裸になる。昨日一昨日会ったばかりの、規律に厳しいかもしれない人にすべてをさらけ出すのは、子供ながらに気が進まなかった。

「金は払たる。ラムネをおごったる」

おれは銭湯に同行することを即決した。

うちから一番近い銭湯は、キャンプ大津Aの前を通り過ぎ、大門坂を下って、大きな四つ角を渡った先にあった。

琵琶湖大衆食堂や仕立て屋を横目に、おれたちは話もせずに並んで歩いた。

番台のおばさんに十五円を払い、恒男は先に脱衣所に入った。そして思い切りよく、脱いだ服を脱衣カゴにポンポンと放り込んだ。

恒男の身体からは正一兄ちゃんみたいな、少し酸っぱいような、ほこりっぽいような汗のにおいがした。それは日本の男のにおいだった。

大きな湯船にふたりで浸かった。もうもうと立ちこめる湯煙のわりに、湯はそれほど熱くなかった。夕方には少し早い時間だったので、おれたちの他は、洗い場にふたりの老人がいるだけだった。

「昨日のアメリカ人は、よう来んのか？」

両手ですくった湯で顔を洗いながら、ふいに恒男がたずねてきた。

「……わからん。よう知らん」

おれは余計なことを言うまいと決めていた。

「勉強なんかしても、しょうがないわ」

恒男はなげやりに言い、突然ザバッと湯船に潜った。恒男が浮かんでくるのを待つ間、規律に厳しいどころか、こいつは少し不真面目なヤツかもしれないと、おれは思った。

泡立った湯が静かになっても、なかなか恒男は頭を出さなかった。ヤツの息こらえの長さに、おれは感心した。

ずいぶん経って、恒男がゆっくりと湯面に頭を出し、「お前もやってみい」と指図した。

夏場は毎日のように琵琶湖で泳いでいたので、潜るのは得意だった。

よーし、負けるもんか。おれは大きく息を吸って湯船に潜った。

湯で耳がふさがれ、自分だけの世界になった。薄目を開けて横を見ると、浅黒い恒男の胸や太腿(ふともも)が、ゆらゆらと間近に見えた。

ブクブクと口から息を吐き、頭を湯面に出す体勢に入ったときだ。

上から頭を押さえつけられた。

とても強い力だった。

おれはとっさに息を止めたが、肺の中に空気はほとんど残っていなかった。

手足をばたつかせて、必死でもがいた。熱くなかった湯が、一気に頭をほてらせた。

おれの手足にあたる人の身体は、どう見ても恒男のものだった。

もうあかん。パニック状態に陥ったおれは、頭を押さえている腕を、爪を立ててつかんだ。

急に重しが取れた。

おれは湯から勢いよくとび出し、立ち上がってハアハアと息を切らした。

「小さいくせに、なかなか息が続くのう」

恒男は座ったままの姿勢でしれっと言い、湯船から上がって悠然と洗い場に向かった。

銭湯を出るときにラムネを買ってもらったおれは、甘くはじける液体をちびちびとやりながら夕方の道を歩いた。ラムネ欲しさに、文句のひとつも言えない自分が情けなかった。

恒男はラムネをあっという間に飲み干した。ラムネを飲み慣れていることをうらやましく思っていると、「姉ちゃんはな、アメリカ人にヤラれたんや」と、恒男はいきなり言った。

なんのことかわからなかったおれは、つるつるしたラムネのびんの口を唇で覆い、返事ができないふりをした。

「まだわしと一緒に住んどるときや。今津にもキャンプがあるやろ。あそこのヤツや。姉ちゃんはあの近くまで、バスで洋裁習いに通とったんや」

ヤラれるとは、夕べのキャリーのように、ボコボコに殴られることかと想像した。

「ほんまにカッコ悪いわい。近所にも知られてしもたんやぞ」

相づちを打たないおれに構うことなく、恒男は続けた。

「女はその気になったら、気ばって糞出せるんやぞ。いざっちゅうときに出したったら、あいつらもヤル気をなくしよるのに」

「え、女って、いつでも糞できんのけ？」

おれは便意を自在にコントロールできるという話に驚いた。

「そうや。ちょっと気ばるだけでええんや」

検便の日、おれは登校前に苦労していたので、女は便利な身体にできているのだなと、うらやましく思った。

「それをまあ、易々とヤラれよって。大方ろくに抵抗もせんかったんやろ。本気になったら、股の間は守れるもんや。わしの叔父さんは今でも怒っとるわ」

糞の話はともかく、「ヤラれる」には別の意味もあるのだと、おれはやっと察した。

「レストランには言うたん？」

「レストラン？　なんのことや」

恒男の様子に、余計なことを聞いたと口をつぐんだ。

「なんや、それ」

「ううん、間違うた」

首を振りながら、わざとへらへら笑ってみせた。もしかしたら、しばかれるかもしれないと思ったからだ。

「あほか、お前は」

恒男はバカにしたように言っただけで、手は出してこなかった。

「姉ちゃんはアメリカ人とつき合うとる。女は一回ヤラれたら、ヤラれた相手と同じようなヤツを好きになるんや。ほんで、何回もヤってほしいてたまらんようになってまうんや。そやから女は最初が肝心なんやて、叔父さんが言うとったわ」

恒男はそう言い、道端の太い木にラムネびんを叩きつけようとした。

破片がとんでくる！　と身構えたおれを見て、恒男は大声で笑った。ラムネびんは、すんでのところで木にはぶつからず、恒男の手に握られたままだった。

キャンプ大津Aのかまぼこ兵舎の前に、兵士が何人か立っていた。皆手持ちぶさたな様子だったが、肩から立派な銃を提げていたので、用心しながら歩いた。

ウオオオオオオ……


突然、練兵場の方から、大勢の人間の叫び声がした。

「なにやっとんねん」

いつまでも止まない歓声に、恒男はいぶかしげに言った。

「ステイツに帰るヤツらが喜んどんねん」

「帰るヤツ？」

「兵隊は三年から五年で交代や。ほんで次のヤツが、また日本に来るんや」

進駐軍兵士が帰国するとき、練兵場に集められた該当者は必ず大声を上げた。いつも聞くものではなかったが、郷愁を抑え切れない歓喜の声は、何百メートルも離れたうちの中にいても、うるさいほどだった。

「そんなに日本が嫌やったら、さっさと帰れ。誰もいてくれて頼んでへん。ヤンキーゴーホームじゃ。サンフランシスコかなんか知らんけど、平和条約はなんの意味もないて、みんな言うとるわ」

恒男は蔑むように吐き捨てた。

「そんなこと、ＣＩＣに聞かれたら、ただではすまんぞ」

おれのささやきに、恒男はハッとしたように顔をこわばらせ、それきり黙った。

仕返しができた気になっていると、一台のジープに追い越された。ジープのうしろの「MILITARY POLICE」と記されたタイヤを見て、身体に緊張が走った。

大通りの路肩にジープは停まり、頭ふたつ分小さな日本の警察官とともに、ＭＰが降りて来た。

練兵場からトラックが何台も連なり、土ぼこりを巻き上げ、通りに走り出て行った。トラックの荷台にいる二十人くらいの進駐軍兵士たちが身を乗り出して、うれしそうに腕を振りかざしていた。

そのまま大阪港へ向かうのだろう。パレードのようなトラックの連隊とすれ違いながら、ＭＰはこれを見に来たのかと、胸をなで下ろした。

「わし、高校みたい行かへん。姉ちゃんの金は汚い」

うちに入る前、恒男はそう言って、ラムネびんを坂道へ放り投げた。カランカランと派手に転がったびんは、割れなかった。

ラムネびんを店に持って行くと、ビールびん同様、いい値がついた。おれは恒男にアホやと思われ続けた方がいいだろうと考え、「あれ、もろてもええけ?」と、坂道を走った。

それから一か月ほど経った五月の雨の日。

久しぶりにタヌキがわが家を訪ねて来た。おれはテキサスからの手紙の返事を、キャリーに読んでもらうために来たのかと思った。

「めでたい、めでたい」

しばらく二階にいたタヌキは、興奮気味に階段を降りて来た。四畳半で本を読んでいたおれは、靴を履くタヌキに話しかけた。

「どうしたん？　テキサスでなんかあったん？」

「返事はまだや。違う。キャリーのことや」

そのころのキャリーは、ほとんど外に出なかった。煙草も吸わず、食欲もなく、マイケルが訪ねて来ても、見送らなかったりした。

かと思うと急に元気になり、おれに卵と牛乳を買いに行かせ、大きな鍋でプリンを蒸した。彼女は金属製のプリン型を持っていたので、一度にたくさんのカスタードプリンができた。

「あたしのお母さんの味やねん」

言いながらキャリーは、プリンを何個も食べた。マイケルから砂糖をもらえるキャリーは、豊富にカラメルを使ったので、甘くて香ばしいプリンができた。

　こんな上等のおやつを、母親に作ってもらえたのか。

　いい暮らしをしていたらしいキャリーの子供時代を、うらやましく思った。甘いにおいが階下に漂ってくるたび、おこぼれにあずかれるのを、おれは大いに期待したものだ。

「キャリーは病気？」

「違う。つわりや。ひどい人はひどいねん。うちのお母ちゃんも大変やったて言うてた」

　おれの質問に、土間に立てかけていた傘を手に、タヌキは率直に答えた。

「なに？　なに？」

　おもしろそうな話をしているようだと、丈夫が近寄って来た。

「内緒にしといてや。実はな、うちは総理大臣の隠し子やねん」

　驚くべきタヌキの告白に、おれも丈夫も目を剝いた。

「お母ちゃんはな、満州にいたときに、総理になる前の吉田茂と一夜限りの恋をしたんよ。それでお母ちゃんはうちを身ごもって、ゲエが長いこと続いて苦しんだんや。ふたりは二度と会われへんかったけど、吉田首相はうちにきれいなおべべを、ぎょうさん届けてくれはった。大島紬とか友禅もあったんやで。戦争で全部焼けてしもたけどな」

　タヌキは真顔で語った。「一夜限りの恋」がなにを意味するのか理解できなかったが、身ごもるには結婚しなければならないと思っていたおれは、視界が開ける思いだった。

＊＊＊

秋風が気持ちよく吹く、十月のある夜のことだった。見知らぬ白人兵士がひとり、突然わが家にやって来た。鼻や頰にそばかすが浮かび、ギャリソンキャップから赤い髪がのぞく、ずいぶん若いヤツだった。

「洗濯してほしいのか？　ランドリー？　ランドリー？」

土間で布を擦り合わせるジェスチャーをしたおふくろに、兵士は「ノゥ」と言った。

おれと丈夫と進は、四畳半から土間のやりとりを眺めた。静子は三畳間で、宿題の合間にハンカチで作った人形で美幸と遊んでやっていた。

兵士は女を買いに来たのだった。おふくろは「いない」と身振り手振りで伝えたが、仲間からこの家にパンパンがいると聞いたのだろう。一見(いちげん)相手のバタフライはいないとわかってもあきらめきれないらしく、わざわざ身を乗り出し、ぶしつけにも家の中をのぞき込んだ。

兵士がなにか言い、おかっぱ頭の静子を指差した。それに気づいた静子は、ちゃぶ台の前でハンカチの人形を握りしめたまま、とび上がらんばかりに慄いた。

「ノー！　ノー！　あの子はまだ子供！　まだ十四歳！」

慌てておふくろが両手を振り、兵士に静子の年齢を指で示した。しかし兵士は、自分はまだ十九歳だから相手は十四歳でもいいとしつこかった。

「あかんて！　あの子はそういうことはせえへんの！」

おふくろは兵士を押しとどめ、「私が探して来たる」と、またジェスチャーで伝えた。

おふくろの剣幕に、ようやく兵士はおとなしくなり、身体の向きを土間の方に戻した。真っ青な顔で異国の男を凝視していた静子は、泣き出さんばかりに美幸を抱き寄せ、震えていた。

「あんた、いくら持ってんの？」

おふくろと兵士との交渉が始まった。

兵士が軍服のポケットから何枚かドル札を取り出して見せると、「そんなんでは足りんなあ」と、おふくろは首を振った。

兵士が札を追加すると、「モア　スリー　バックス。もうちょっとないと、ええバタフライは連れて来れへんでえ」と、もったいぶった言い方でおふくろは指を三本立てた。兵士は素直に従い、商談が成立した。

おふくろが、「ちょっと探しに行って来る」と家族に告げた。

「キャリーに聞いてみたら？」

知り合いがいるのではないかと、おれは提案した。

「あかん、あかん。二階には迷惑かけられん。それにあの人は、今それどころやない」

おふくろは足を引きずりながら、格子戸を開けた。すると、いつの間にか居間の框で靴を履いたらしい静子が、脱兎のごとくおふくろに駆け寄った。

よほど怖かったのだろう。静子はおふくろの腕にすがりつき、玄関から一緒に出て行ってしまった。

女たちを見送った兵士は框に腰かけ、フィリップモリスを吸い始めた。うしろから見た兵士の尻は、マイケルの尻よりふたまわりくらい小さかった。

「なんで静子が一緒に行きよったんや」

八畳間で息をひそめていた親父が、三畳間に入って来た。

「こんな時間に外に行ったら危ない。家の中にいた方がええ。なんでナミは静子を連れて行ったんや。勇、お前、静子を連れ戻して来い」

「自分で行けばいいのに」と思いつつ、おれは夜道に出てみたが、すでにふたりの姿はなかった。

しばらく経って、おふくろが戻って来た。煙草の吸い殻を何本も土間に踏みつけた兵士を、おふくろは手招きで格子戸の外へ誘い出した。

入れ替わるように、静子が家の中に入って来た。静子の身体からは、湿った冷たい夜気のにおいがした。

「姉ちゃん、バタフライは見つかったん？」

「うん。今、その家をお母ちゃんがおしえてる」

おれの質問に、静子は落ち着きをとり戻した声で答えた。

おそらく近所のどこかの家だったのだろう。もしかしたら博孝ちゃんの家かもしれない。けれどおれは、どの家かたずねなかった。知ったところで、博孝ちゃんと学校で話題にできる訳はなかったからだ。

「行きよった、行きよった。うれしそうな顔して。そやけど門限まであと何分ある？　最後までできるんかいな、あのハイスクール・コマンドは」

戦場に行ったこともないくせにと、年若い兵士をくさし、おふくろが家の中に入って来た。あっせん料をしっかり取ったのだろう。いくらか儲かったことで、おふくろの機嫌はすこぶるよかった。

「ナミ、なんで静子を連れて行ったんや。ここにいた方が安全やないか」

台所に立ったおふくろに、親父がまた文句をつけた。おふくろは「あの子が勝手についで来たんや」と軽くいなした。親父はやむなく静子に、「なんでこんな時間に外へ行った。おそわれるやろ」と、小言を言った。静子はなにも応えず、鉛筆を握って宿題の続きを始めた。家の女たちに軽んじられている親父の姿に、おれは複雑なものを感じた。

キャリーが二階から降りて来た。階段を踏み外さないよう配慮した、ゆっくりとした足どりだった。

階下の出来事など知らないキャリーは、すまして便所に向かった。キャリーの大きく突き出た腹は見るからに重そうで、いつ生まれてもおかしくないくらいだった。

用を足し終えたキャリーは四畳半で立ち止まり、「おしっこしてる最中に、お腹蹴るんよ、やや子。こんなやんちゃなとこ見ると、やっぱり男の子かもしれへんな」と、幸せそうにおれらに笑いかけた。

＊＊＊

ある日の明け方、キャリーは二階で元気な赤ん坊を産んだ。産婆曰(いわ)く難産だったらしい。「鼻からスイカ出すみたいやて言うけど、その通りやったわ」と、キャリーは疲れた顔で、おれたちに語った。

西洋人そのものの顔つきの赤ん坊は、キャリーの予想した通り、男の子だった。

「ケント・ジェームズ・スミス、っちゅう名前やで」

キャリーはわが子を見てくれとばかりに、珍しくおれたちきょうだいを二階へ招き入れた。六畳二間はアメリカ製のゆりかごや木馬、でんでん太鼓やブリキ製のジープなど、日米のおもちゃでごった返していた。

「ジェームズは、マイケルのお父さんの名前やで」

窓辺でキャリーは寝巻の胸をはだけ、大きな乳首を赤ん坊の口に含ませた。秋のやわらかな陽が開け放たれた窓から入り、青い血管の浮いた白い乳房をまぶしく照らした。

「そしたらスミスは？　誰の名前？」

赤ん坊より、マイケルがＰＸ（アメリカ軍の売店）で買ってきた粉ミルクや離乳食の缶詰ばかり見ていた丈夫がたずねた。

「なに言うてんの、丈夫。スミスはマイケルの苗字やんか」

くすくすとキャリーは笑い、おっぱいを飲む赤ん坊ごと、身体を左右に揺らした。

髪を襟足でひっ詰め、化粧っけのないキャリーは、やまんばの「や」の字も感じられない穏やかな顔だった。

「あ、マイケルや」

キャンプの床屋の前にいた兵士たちの中に、キャリーはダーリンを見つけた。木馬にまたがっていたおれは、窓際に歩み寄った。彼女が指差す方向には、金網のそばで大きく手を振るマイケルの姿があった。

「ダディやで、ケント」

キャリーは赤ん坊を乳房から引き離し、立ち上がった。

静子が小さく「あ」と声を上げた。いきなりおっぱいをとり上げられた赤ん坊が、小さいなりにびっくりした目になったからだ。

マイケルが両指でピィ――ッと、よく響く口笛を吹いた。キャリーは「ダディ、お仕事中や」と、赤ん坊の頭を支えて、窓の外に向けた。すると口笛はピピピピピーと警笛音に変わり、マイケルはこちらを指して大声で怒鳴った。

「あらら。うっかりしてた」

キャリーはポロリとはだけた胸元を直した。

マイケルの隣にいた兵士の野卑な笑い声が聞こえた。そのとき初めておれは、見てはいけないものを見てしまったと感じた。

「ケント。ダディ、今晩またあんたの顔、見に来はるで」

キャリーは赤ん坊にうふふと微笑み、「お乳はよう出るし、これ以上粉ミルクはいらんけど、また今日も持って来るんやろなあ」と言い、畳の上に座った。

マイケルは、ほぼ毎晩うちを訪れた。赤ん坊用の物資を手に階段を昇るマイケルの足取りは、いつも軽やかだった。

二階からよく聞こえていたダンスのような足音や、家をきしませる音は聞こえなくなった。

何人かのパンパン仲間が、赤ん坊の顔を見にやって来た。みな、きゃあきゃあと二階で騒ぎ、帰りはひそひそ話をしながら、帰って行った。

＊＊＊

赤ん坊を産んだあと、日がな一日辛気くさい寝巻姿で過ごしていたキャリーだったが、ある日きれいなワンピースに着替え、髪をとかして口紅をつけた。

「やっと着替えよったか。ずっと寝られへんたら、しんどいたら言うて、ダラダラしとったけども。このままではダーリンに逃げられると気づいたんやな」

おふくろはあきれながらも、安心したようだった。

その日は風呂のある日だった。今夜は二階が風呂を使うに違いない。どうせ湯を足さねばならないのならと、おれは最初から水を少なめにして風呂を沸かした。

元の姿に戻ったキャリーは、おれに牛肉や野菜を買いに行かせた。

出産後はケントの世話にてんてこ舞いで、キャリーは炊事をほとんどせず、マイケルからもらったキャンベルスープやパン、卵かけごはんで食事をすませていた。当然お使いも頻繁には頼まれない。そのため駄賃をもらう機会が減っていたが、これからは元通りだと、おれは浮かれた。

キャリーは二階の踊り場に七輪を置き、久しぶりにフライパンでステーキを焼いた。階段のそばへ行くと、牛肉の焼けるにおいと、じゃがいもをゆでるにおいに鼻をくすぐられた。

マイケルはなかなか姿を見せなかった。

そのうちにキャリーは階段の下まで降りて来て、おくるみに包まれたケントを抱いて踏み板に座った。いつもは二階で待っているのに、わざわざ出迎えるのは珍しいことだった。

おれたち家族が夕食を終えても、マイケルはやって来なかった。

しびれを切らした親父が風呂に入り始めても、マイケルは来なかった。

赤ん坊が泣き出した。キャリーは階段に腰かけたまま、乳を含ませた。ケントは身体全体で乳房を受け止めたが、乳汁(ちち)はあまり出ないらしかった。

業を煮やしたおふくろが、キャリーに声をかけた。

親子三人で風呂に入りたかったのかもしれない。赤ん坊をしっかり抱きしめ、キャリーはしばらくじっとしていたが、やがてあきらめたように、ケントをおふくろに手渡した。おふくろはしっかりと赤ん坊を抱き、風呂場へ連れて行った。

キャリーの手には洋封筒が握られていた。わりと厚みがあったので、マイケルに手紙を書いたのだろうか、どうしてわざわざ、と不思議に思った。

その日は風が強かった。格子戸がガタガタと鳴るたびにキャリーは立ち上がり、土間からおもてを確かめた。

誰もいないことがわかると、「ダディ、なにしてんのやろなあ」と、沐浴(もくよく)でさっぱりした腕の中のケントに話しかけ、また階段の一段目に腰かけた。

赤ん坊の背をゆっくりとたたきながら、キャリーは身体を揺らしてマイケルを待った。

おれたちが布団に入ったあとも、キャリーはマイケルを待っていた。

キャンプ大津Aの門限時間はとっくに過ぎていたのに、キャリーはケントをしっかりと抱き、厚い洋封筒を握りしめて、ずっと階段に腰かけていた。

＊＊＊

「あんた、ほんまに大丈夫か？」

「……堪忍な。奥さん」

「湯は沸いてたし、かまへん。ミルクもそっちのもんやさかい」

十一月になり、足元が冷えて台所仕事がつらいとこぼしながら、おふくろは竈（かまど）の湯で粉ミルクを溶かした。三畳間の框で哺乳びんを受け取ったキャリーは、ほつれ髪が額や頬にかかり、青白い顔がどうにも病人の体（てい）だった。

「病院行った方がええのと違うか？」

おふくろがキャリーに勧めた。

「病院は嫌」

「この間、熱出してたやんか」

「今度、産婆さんに診てもらう」

「産婆ではあかんやろ」

キャリーの返答に、おふくろはあきれた。

「もう全然出えへんのか？　乳は」

「……出てこん」

「最近、ダーリンさんはちょっとも来うへんけど、どうしてはんの？」

キャリーは無言になった。そしてなにも答えぬまま、哺乳びんを手によろよろと階段を昇って行った。

あの日を境に、マイケルは姿を見せなくなっていた。おふくろの言う通り、マイケルはおしゃれをしなくなったキャリーから逃げたのかなと、おれは思った。

キャリーの乳汁の量はみるみる減った。おかげで大量の粉ミルクが消費されるのはよかったが、キャリーの身体の具合は次第に悪くなった。

「あーあー。またケントが泣いとるがな」

赤ん坊の泣き声を近所に響かせては体裁が悪いと、おふくろは二階へ上がった。そして、真っ白な肌を真っ赤にして泣く赤ん坊をつれて来て、階下であやした。

「おー？　あんたは下にいる方がええのんか？」

ケントが安らかな顔を見せると、おふくろの機嫌はよくなった。

生後一か月を過ぎたケントは、抱っこして部屋中を歩き回ってやると、すっと泣き止んだ。二階では立ってまでは、あやされなかったのだろう。

「おむつが濡れてるなあ、ケント」

おふくろはケントの尻に手を当て、「勇、ケントのおむつ、もろて来て」と、おれに言いつけた。

＊＊＊

ケントは昼間を一階で過ごすことが多くなった。その方がキャリーも身体が休まったのだろう。朝になると、ケントの迎えを待つようになった。

「悪いなあ、勇。煮ぬき作ったさかい、持ってって」

おむつを取りに二階へ上がると、キャリーはちゃぶ台の上のざるを指差した。


キャリーの作るゆで卵は、おふくろの作るそれと違って柔らかかった。ふんわりとした白身がねっとりする黄身を覆っていた。キャリーのゆで卵を食べるとき、おれは醬油でなく、塩で味わうのが常だった。

妙に心休まる日々が続いた。赤ん坊がひとりいるだけで、こんなに変わるのかと驚くほど、両親はけんかをしなくなったのだ。

夜間ケントの泣き声が聞こえると、おふくろは起き上がり、ケントを迎えに二階へ上がった。静子がその役を買って出ることもあったが、なんせ真夜中、眠くて床から出られないこともある。

おぎゃー、おぎゃーと、その夜も一階に響いてきた。

おれは夢うつつで、泣き声を聞いていた。おふくろが静子に声をかけたが、姉は起き上がらなかった。

「……勇、ケントを下に連れて来て」

おふくろはおれに言いつけた。

「勇、早よ行き。もうキャリーはケントの面倒がみられんのや。おむつもまとめて持って降りて来なさい」

ぐずぐずしていると、再び言いつけられた。おれはしぶしぶ布団からぬけ出し、二階へ上がった。

寝ぼけ眼で黙ってふすまを開けると、泣き声の合間に、小さく歌が聞こえた。

窓のカーテンは閉まっておらず、月の光が煌々と部屋に射し込んでいた。

無彩色に浮かび上がった布団の中のキャリーは、かたわらで泣くケントをでんでん太鼓であやしながら、なにやら寝させ歌を口ずさんでいた。

軽い足音から、おれがやって来たとわかったのだろう。

「勇、マイケルがおらへんか、見てみて」

こちらが声をかける前に、キャリーは頼んできた。

おれは窓に近づき、鉄条網の向こう側に目を凝らした。

ところどころに雑草の生えたキャンプの地面を、月光が静かに照らしていた。歯医者にも床屋にもライトは点いておらず、人っ子ひとりいなかった。

「誰もおらんで」

「マイケルの手下が、いらんことしたんかもしれんな」

キャリーはため息交じりに言った。

「どういうこと？」

「マイケルはサージャンやろ？　偉いさんは手下が悪いことしたら、一緒に責任を取ることがあるねん。マイケルは手下のせいで、外出でけへんと思うねん」

キャリーは真剣な声で説明した。

赤ん坊は泣いていた。おれはケントに近づき、おふくろや静子がやっているように、おむつカバーの隙間から手を入れた。

「おむつ、濡れてるで」

キャリーは、おぎゃー、おぎゃーと、顔をしかめているわが子をじっと見つめていた。

「見たって、この鼻。マイケルにそっくり」

おむつを無視して、別のことを話すキャリーが理解できなかった。このままケントが泣き続けると、おふくろにどやされる。

「お母ちゃんが呼んでる」

おれが赤ん坊を抱こうとすると、キャリーは「なにすんの！」と大声を出し、おれの腕をむんずとつかんだ。

ビクッと身体が震えた。キャリーの腕力の強さに驚いたのもあるが、彼女のつり上がった目が、まるでやまんばのようだったからだ。

「……あ、おむつ換えてくれんの？　すまんな、勇。あたしかてそれくらいできるんやけど、奥さんが言うてくれはるんやし、甘えることにするわ」

赤ん坊から手を放して固まっているおれに、キャリーは我に返ったように言った。そして、おれをつかんだ腕と同じとは思えぬ弱々しい手つきで、おむつを差し出した。

「おむつ換えたら、また連れて来てな。あたし、ケントと一緒におらんかったら、マイケルに叱られてしまう」

キャリーはつぶやくように言い、枕元に置いてあった白いおくるみを、おれに押しつけた。

月明かりがキャリーのこけた頬に、深い影を作った。けれど目は妙にギラギラしていて、思わず背筋が寒くなった。

さっきの大声はなんだったのか。

混乱しつつも焦っていたおれは、急いでケントを抱きかかえ、尻と足を使って尺とり虫のように階段を滑り降りた。


結局ケントは二階に戻されなかった。キャリーの言葉をおふくろに伝えたが、「まだそんなことを言うとんのかいな」と、相手にされなかったのだ。翌日からゆりかごは八畳間に置かれ、赤ん坊は二十四時間、一階で過ごすようになった。

青い瞳の赤ん坊は、あやすとにこにこと笑うようになった。

顔の半分を占めているのではと思うほどの大きな眼。小さくとも存在感のある形のいい鼻。ぷっくりとやわらかいベビーピンクの口唇。

その白い笑顔はなんとも愛くるしく、家族全員が異国の血を引く赤子に夢中になった。

「なんちゅう、かわいらしい子や」

「顔の毛ぇは、なんでか黒いねえ」

ケントの髪は明るい栗色だったが、眉毛と長いまつ毛は、どちらかというと黒に近かった。

美幸はしきりに、ケントを触りたがった。丈夫と進はケントにちょっかいを出しては、おふくろに叱られていた。女手がふさがっているとき、おれはケントのおむつ交換くらいはするようになった。

キャリーは一日に数回、一階でケントを抱き、その口に大きな乳首を押しつけた。そのころのおれは、黒く大きな乳首をチラチラと盗み見るのを、秘かな楽しみにしていた。

口の中になにも入ってこないと、ケントはふやふやと泣いた。

「堪忍やで。お母ちゃん、なんでか、お乳が出えへんのや」

キャリーはそのたびに、すまなそうに涙ぐんだ。おふくろは黙ってうなずき、親父は弱ったように首を振った。

「あたし、がんばって身体良うして、この子にお乳をいっぱい飲ませたる」

キャリーは弱々しく宣言し、また二階へ上がって行った。

ケントはPXの粉ミルクを飲んで、すくすくと育った。

産婆が二回、キャリーを診にやって来た。二回とも、「心労がたたっているからよく休ませ、滋養のあるものを食わせてやれ」と言って帰った。

＊＊＊

その年の暮れは仕事が忙しくて帰省しなかった正一が、元日の午後に帰省した。

「なんや、この子は⁉」

正一はゆりかごの中のケントを見るなり、驚きの声を上げた。親父は黙り込み、例によっておふくろは、台所から出て来なかった。

「キャリーのやや子やで」

丈夫がバカ正直に説明した。静子はゆりかごからそっと離れた。

進と美幸は、正一のリュックの中を探っていた。おれは遠慮がちにキャラメルを口に入れ、事の成り行きを見守った。

正一は台所に聞こえるように、わざと声を張り上げた。

「どうするつもりや⁉　こんなんひと目で、アメリカ人の子てわかるやんけ！」

親父はうなだれるばかりだった。

おれは怒り猛る正一が恐ろしく、兄の声が二階のキャリーに聞こえたらどうしようと、ハラハラした。

「静子はこいつの世話させられて、宿題する時間がないのか。二階はいったいどういうつもりや」

「そんなことないで。おれも世話してるし、姉ちゃんは宿題する時間、あるで」

とっさにかばったが、正一はゆりかごを足で小突くように蹴った。ゆりかごは大きく揺れて畳の上を横滑りし、火がついたように赤ん坊が泣き出した。正一の靴下の親ゆびの先には、大きな穴が開いていた。

兄は慌てたように、ゆりかごの手すりを両手で支えた。

「兄ちゃん、おれ、歯ぁみがいてるで。あの歯ブラシ、ちゃんと使てるで」

なんとか話をそらそうと、おれは兄に話しかけた。

「あ？　ああ……歯ブラシか。……あれからおれも、磨くようになったぞ」

激高したのが気まずくなったか、取り繕うように正一は言い、静子に抱き上げられ、あやされるケントをじっと見つめた。

早くに実母を亡くした兄は、愛情に飢えていた。父には早くから大人の役割を望まれ、やがて継母となってくれた人は、自分を愛さないだけでなく、家の中を不道徳なもので満たしてゆく。当時の兄の気持ちがわかったのは、おれが成人してからだ。

「二階は産後の肥立ちが悪いから、うちが面倒みたってるのや。もうちょっとしたら戻る。

そうしたら本人が育てよる」

親父は言い訳がましく、兄に説明した。

丈夫と進と美幸は無言のまま、リュックの中の菓子を食っていた。おれは麩菓子を二本取り出し、一本をかじりながら、もう一本を所在なさげな親父に手渡した。

「こんな姿で、この世に送り出されてしもて……」

しばらくうつむいていた兄が、ぽつりと言った。

泣き止んだケントは笑顔になり、静子が動かすでんでん太鼓を、つぶらな瞳で追っていた。両目から流れ出た涙が、耳の上のやわらかな髪を湿らせていた。

キャキャキャ、キャキャキャッ。

ケントだけがかわいらしい笑い声で、ひとり喜んでいた。

おれはリュックの中から塩せんべいの袋を見つけ、足音を立てないように、台所にいるおふくろに持って行った。ちょうど赤ん坊のミルクを準備していたおふくろは、せんべい袋と引き換えに、哺乳びんを無言でおれに押しつけた。

第5章

平成二十七年十月

「服部さん」

兄のかたわらで本を読んでいると、声をかけられた。見れば、エプロンをつけた北原が部屋の入口に立っている。四人部屋の同室者たちはデイルームに連れ出され、おれと兄貴の他は誰もいない。

「はい。これあげる」

北原は紙袋を手に、部屋に入って来た。

あの日の翌日から、北原に近づかないようにしていた。同様に相手にも距離を置かれていると感じていたので、差し出されたプレゼントはおれを驚かせた。

「なに?」

老眼鏡を外し、本をベッドの上に伏せる。

「あたしが人に作れるのって、これしかないねんけど」

持ち重りのする紙袋の中をのぞくと、透明フィルムに包まれたものが三つ入っていた。ご丁寧に赤いリボンが結ばれた手作り菓子は、小ぶりのガラス容器に入っている。

「プリン。服部さん、好きなんやろ？」

北原は笑顔で、おれに告げた。

「……そんなに、もの欲しそうにしてたかな」

つい顔に出たのだろうか。思い出深い洋菓子カスタードプリン。

こんなジジイに興味を持ってもらい、うれしい反面、触れられたくない部分に手を突っ込まれたような気分だった。

「本格的な料理はできひんから、プリンの素で作ってん」

照れくさそうな北原に、「おおきに、うれしいわ」と精いっぱいの笑顔を作った。複雑な心境だが、見返りを期待していなかったことが、こういう形で返ってくるのは望外の喜びだ。

「カラメルも入れといた。かけたら、めっちゃおいしいねん」

「プリン、よう作るんか？」

「子供のころ、お母さんが作ってくれたおやつがこれやってん。だからあたし、プリンが好きやねん」

「そうか。おふくろの味か。おれと一緒やねえ。おおきに。兄貴と一緒によばれるわ。兄ちゃん、プリンもろたし、食おうな」

背中を軽く起こされ、ぼんやりベッドに横たわっていた正一は、やっとおれに視線を移した。今日の兄は元気がなく、起き上がれそうもなかったので、朝から自室で過ごしていたのだ。

「この間小野さんに、『北原さん、最近失礼なことしてないですか？』て聞かれたから、『大丈夫、ちゃんとしてもうてる』て言うといたで」

「ほんま？　ありがとう！」

北原は屈託のない笑顔を残し、慌ただしく部屋から出ていった。プリンはともかく、つい顔がニヤけてしまうのは、男の悲しい性だろう。

おれは粉末に少量の水を混ぜ、即席カラメルを作ってみた。

砂糖を焦がしたものと遜色はない。今やカラメルはこんなに簡単に作れるのか。技術の進歩に感心し、卵色のプリンの上に、とろりとこげ茶色の液体をかけた。

「さあ、食べよう」

おれの手元をじっと見ていた正一は、ふと目線を上げた。

「お前、ほどほどにしとけよ」

「ん？　ああ、おれはプリンは食べんから」

正一の鼻先にプリン容器を近づけようとすると、兄は想像だにしないことを言い出した。

「あの人が、新しい、お前の、コレか？」

「なに言うてんねん」

とっさに兄の手を見やるが、昔よくやられたように、小指を立ててはいなかった。

まったく。変なことだけ、憶えていやがる。

「ええ嫁さんやったのに、よそ見ばっかりするから、愛想つかされたんやぞ」

「違うわ。幸子は気の強い女やったから、うまいこといかんかったんや」

おれは二十八歳で一度離婚している。両親同居で始まった最初の結婚生活は、二年足らずで破たんした。美貌に引きずられ、我の強さに目をつぶったこと、そしていわゆる嫁姑問題のこじれが、離縁の直接の原因だ。

「そろそろ、落ち着いたらどうや」

「あんなあ。あの女の人とはそんなんと違う。ここは湖国の郷。わかるか？　あの人は介護ヘルパーで、ここで働いてる北原さん。なんぼなんでも、あんな若い女に手ぇ出すかい。

おれはねえ、来るものをこばまなかっただけ。断ったら、相手が傷つくやろ。……言うてももう、そんな元気ないわ」

おれの言い訳を、正一は不思議そうに聞いている。

「ヘルパー……？　なんでヘルパーが家におる？　清美(きよみ)さんがおるのに。親父の世話は、あの人がやってくれとるやろ」

「清美は死んだよ。脳梗塞(のうこうそく)で。入院して四か月もせんうちに、逝(い)ってまいよった」

三十二歳で再婚した、初婚でひとつ年上の清美は十人並みの容姿だったが、気立てがよくて控えめで、両親ともに最後まで世話してもらった。おれの定年を待っていたように、強引にあちこち旅行に連れて行かされたのは、潜在意識が自らの寿命を知っていたからかもしれない。

「ここは家と違うで。特別養護老人ホーム。湖国の郷。ほんで北原は、おれが弁当を食わせたったら、お返しにプリンを持って来てくれただけ」

おれはカラメルを混ぜたスプーンを、ぞんざいにプリンに差し入れた。意味がわからなくなってきたのか、正一は都合が悪そうに押し黙っている。このますっかりおれのそっち方面のことは、忘れてくれればいいのだけれど。

「おれは、プリンは食わんの。あれから食べられんようになったんや。そやし兄ちゃん、

「おらんやないか。どこに行きよってん？」
「あいつ？　あいつて誰や？」
帰り支度をしていたおれに、兄が急にたずねてきた。
「勇。あいつ、あいつはどうした？」
なにも言ってこないのかもしれない。
をしていないのだから当然だけれど、もうあきらめただろうか。このままにしておけば、返事
ケントの手紙を受け取ってから、二か月近く経った。以降、ヤツから連絡はない。返事
「ほれ、全部食え。食うてまえ」
ってくるようだ。
甘ったるいにおいに、苦い思いがこみ上げた。あの時の気持ちが、くっきりと立ち上が
「どや。うまいか？」
に語ることは、地面に掘った穴に向かって叫ぶことに近いけれど。
プリンを食べないことを、誰かに告白したのは初めてだった。もっとも半ボケ状態の兄
んだ。正一はされるがまま、やわらかい洋菓子を飲み込んでいる。
「あれからて、いつから？」と問われる前に、匙に載せたプリンを、兄の口の中に放り込
三つとも食うてくれよ」

不思議そうに、そして不安そうに、正一は手を動かしている。

「きょうだいなんやから、助けたらんとあかんぞ。特にお前は高校行って、ええ仕事しとるんやから。……あいつは泣いとるぞ。すぐ探して来い」

諭(さと)すような兄の口調に、しばし過去を振り返った。

丈夫だ。中学生のころ丈夫は家出し、しばらく行方不明になったことがあった。あのときは正一や静子にも連絡し、一家総出で探し回ったものだ。

「丈夫は大阪で見つかった。バイトの先輩とかいうヤクザみたいな男の部屋に転がり込んどって、おれとおふくろでひっ捕まえて、連れ戻した。ビービー泣いて抵抗された話、憶えてたんやな」

「丈夫と違う。……風呂に入っとんのか？　あんなに泣いて」

「え、ほな、進のことか。……最初の店から逃げたときな。あれはひと晩、三井寺の床下に隠れとった。見つからんはずやで。蚊にむちゃくちゃ刺されて、泣いて戻って来よったときはホッとしたわ。風呂場で裸見たとき、全身が腫れ上がってて、びっくりしたけど」

「あいつはひとりで、大丈夫か」

正一はしつこく話している。

「誰のこと言うとるんやな。若いときの美幸は病院の寮におるから心配ない。定年した今は、旦那の建てたデカい家で悠々自適にやっとるわ」

「美幸と違う。きょうだい仲良く……もう死んどるのかもしれん」

「……兄ちゃん、おれ帰るわ。ほな、また明日」

不毛な会話に疲れたおれは、いとまごいをした。兄はシミだらけのこけた頬をすぼませ、

「連れ戻して来い」と、まだブツブツとこだわっている。

＊＊＊

「服部さん」

午前十時半。「湖国の郷」の玄関をくぐろうとすると、北原に声をかけられた。

この時間にエプロンをつけていないとなると、おそらく夜勤明けだろう。もしかして、おれが来るのを待っていたのか？　などと考えるのは、自意識過剰というものだ。

「おはよう。夜勤やったか。ごくろうさん」

「昨夜は服部さん、排尿のときちゃんとナースコールしてくれはった。三回とも。この調子が続いたらオムツせんでもええんちゃうかて、夜勤一緒やった人としゃべっててん」

北原はかなりまともに兄の様子を報告してくれた。介護ヘルパーとしての自覚も出てき

たようだ。

「そらよかった。そやけど、今からオムツ取れることてあるの？　あんな状態で」

「あるんちゃいます？　そういうことも」

のけぞるおれに、北原は笑った。兄との会話はつじつまの合わないことが多いんだがな
あとつられて笑うと、丁寧に切り出された。

「服部さん。実はあたし、折り入って相談したいことがあるんです」

「どうしたん、急に。あらたまって」

「今晩、時間ありますか？」

「今晩？　今晩??」

「そう。七時とか」

さすがに面食らった。これは個人的な話があるということだろう。

「七時に膳所（ぜぜ）って、無理ですか？」

斜め下からうかがうようにする北原は、どうにも艶（なま）めかしい。この間正一にたしなめられたことが、誤解だと言いきれなくなるではないか。

「別に無理やないけど……」

北原は再び、にっこりと微笑んだ。そして市内にある国道一号線沿いのファミリーレス

トランを、一方的に待ち合わせ場所に指定してきた。

午後七時十分前にファミレスに着き、駐車場に車を停めて店に入った。店内はもうクリスマス装飾が施され、入口近くに置かれた大きなツリーの電飾がピカピカと点滅している。北原はまだ来ておらず、案内された窓際のテーブル席に着いた。

この店を訪れたのは初めてだ。安い安いと聞いてはいたが、メニューを見てみると、驚くほど一品が安価である。スパゲティは一皿四百円を切っているし、グラスワインは、なんと一杯百円だ（消費税別）。

それにしても、なにを相談したいのだろう。正一に妙なことを言われ、つい意識してしまったが、まさか向こうに、そんなつもりはあるまい。

そうか。実は説教が心に響き、進路相談をと考えたのかもしれない。

もしそうなら、結構なことだ。最近の北原はしっかりしてきたし、社会人としての姿勢もいい。将来を一緒に考えてやるのはやぶさかでない。あいつは父親も祖父もいないのだ。もし望まれるなら、喜んでじいさん代わりになってやる。

そんな決意を胸にメニューを閉じると、出入口から北原が入って来るのが見えた。

カーペットの上を足音もなく近づいて来る北原は、黒いロングスカートに桃色のとっくりセーター、白いコートを羽織り、髪も三つ編みというおとなしいファッションだった。

「こんばんは」

北原は座席に着き、はにかみながらあいさつした。湖国の郷での彼女と違い、なんとなくぎこちない。いざ頼ってみたものの、ここまでの年長者に相談するとなると、緊張するのかもしれない。

若人をリラックスさせるため、おれは北原の前にメニューを置き、「ここは初めてやし、楽しみや」などと、どうでもいいことを話しかけた。

北原がテーブルの上のベルを押すと、店員がやって来た。くどいほど注文内容を確認されたのち、おれたちはドリンクバーへ移動した。

サーバーからウーロン茶をグラスに注ぎ入れる。飲み放題でなんと百九十九円。自販機でジュースを買うのがバカらしくなる。

「北原さんは、ここによう来るの？」

おれはウーロン茶で口を湿らせた。

「そんなに来ません。でも外で食べるときは、大抵ここですけど」

北原はコーラをストローで口に含んだ。

「そやろな。外食ばっかりではねえ」

「いつも夕飯は、スーパーのお弁当です」

「スーパーの弁当？」

「はい。お母さん、作るの面倒がるし。消費期限の迫った安いお弁当をふたつ買って、夕飯にしてます」

「妹の分は？」

「妹は帰って来るの遅いし。どうせどっかで食べて来るから」

「遅いて、妹は中学生と違たか？　部活か？　まさかアルバイトしてるんか？」

「バイトは無理です。まだ中三やもん。友だちと遊んでるだけです」

「大丈夫か、そんなんで。受験が近いのと違うのか」

「どうせあの子の成績では、入れる高校ないし。本人もあきらめてます」

「……お母さん、心配してへんの？」

おれは眉をひそめた。北原の妹は、少しグレているようだ。今どき高校にも行かないなど、考えられない。

「心配してます、めっちゃ。でも、お母さんも……」

北原が口ごもったところで、料理が運ばれてきた。

彼女の前にはイタリアンハンバーグステーキのセット、おれの前にはナポリ風マカロニグラタンと、焼きムール貝のバジルソースが置かれた。

マカロニを見ると、くすねた紙袋を必ず思い出す。北原家ではないが、ゆでて醤油をかけて食っていたら、さぞ満腹になったことだろう。愚かにも川に捨ててしまったと思うと、六十年以上経った今でも悔しさがこみ上げる。

気を取り直して、フォークを手に取り、二百九十九円のグラタンを味わった。

これは若者が「普通においしい」というやつだろう。ホワイトソースもトマトソースもちゃんとしているし、チーズをあからさまにケチってもいない。

三百九十九円の焼きムール貝も、少々身が小さいものの、本物のムール貝が使われていた。にんにくと玉ねぎの風味も良く、シンプルながらも気の利いた一品に仕上がっている。車でなければ、ワインを一杯やりたいところだ。

北原は蕩けたチーズのかかったハンバーグを食べている。鉄板の上で裂かれたひき肉の塊からは、一応肉汁も流れている。付け合わせはポテトフライとミックスベジタブル、目玉焼きと庶民的だが、三百九十九円なら文句はない。ライスをつけても六百円に届かないのだ。

周囲は若者か子供連れのファミリーばかりだ。高齢者の見えない居心地悪さは否めないが、激安ディナーは十分に堪能できた。

食後はドリンクバーから、それぞれホットコーヒーとコーラを手に席に戻った。

「服部さん」

コーラをストローでひと口飲んだ北原は、おれに「お金、貸してください」と、おもむろに告げた。

驚きのあまりコーヒーどころか、マカロニまでが逆流しそうになった。まさか借金の申し込みをされるとは。

「金て、なんでまた」

「あたしのお母さん、おっさんの愛人をしてるんです」

脈絡（みゃくらく）のない打ち明け話に、頭が混乱する。

「お母さん、お金のために、好きでもない、めっちゃ年上の人と付き合ってるんです」

「めっちゃ年上て、そいつ、いくつ？」

「六十五」

「四十四」

「お母さんは、いくつ？」

「それと金と、どう関係が？」

泡を食うおれに、北原はひとつひとつ言葉を選ぶかのように、とつとつと語り始めた。

母親が夜の飲食店でアルバイトをするようになった北原家の子供たちは、食べ足りないと感じることがなくなった。母親は洋服代や遠足費用も出し渋らなくなり、念願の携帯電話も買い与えられた。高校に進学するには生活保護受給も一案と聞いていた北原は、うれしい誤算に心底安堵した。

反射的に金の心配をする癖がとれたころ、ある男が北原家に出入りするようになった。男と母親は焼き鳥屋で知り合ったという。男に媚(こ)びる母親を見るのは正直嫌だったが、母も女なのだと自分に言い聞かせた。

底辺校ではあったが、無事高校に進学した北原が夏休みを満喫していたある日、いつものように男が家にやって来た。母親は不在だった。

「おっさん、ちょっと酔うてて、あたしの腕をつかんだんです」

思わず息をのむ。

「胸触られそうになったけど、嫌がったら、手を放したんです」

「ああ、そうか。よかった」

「そのときに言われたんです。『誰のおかげで高校行けると思てるんや』って」

北原は抑揚(よくよう)のない声で続けた。

「お母さんに聞いたら、やっぱりおっさんにお金をもらってた。あたし、おっさんのお金で入学金払って、定期とか制服とか買うてたんです」

「授業料はいらん言うたかて、他のもんに金はかかるからな」

「お母さんに言うたら、別れるって言うてくれました。でも結局、別れへんかった」

「……娘が危ない目に遭うたのに」

「おっさんのお金がなかったら、うちは生活でけんて言われました」

思わず絶句する。なんと言っていいかわからない。

「お母さん、援交してるんです。援助がないと、あたしも妹も高校行かせられんて……。屈辱やわ。妹は前から知ってたみたい。せやから『高校行かへん』って、遊ぶようになったんです。あたしだけなんも知らんかったんです」

「そういうことやったんか……」

「だからあたし、高校辞めました。あたし、入学金とか教科書代とか全部返して、おっさんからの借りを清算したいんです。お母さんにきっぱり別れてって、言いたい。だから服部さん、二十万でいいんです。どうかお金を貸してください」

北原はそう言って、ぴょこんと頭を下げた。

「毎月少しずつになると思いますけど、あたし、必ず返しますから」

しばらく顔を伏せていた北原は、少し首を傾け、こちらをちらりと見上げた。おびえたロバがこの水を飲んでいいのかと、うかがうようなしぐさだった。

「それで介護の仕事に就いたというわけか」

「水商売で稼いだ方が早いけど、それじゃあんまり、お母さんと変わらん気がして……」

やはり北原は、そんなにバカではないようだ。

「話はわかった。とりあえず、店出えへんか」

これを他人に話すには、勇気がいったことだろう。おれはふたり分の会計をすませ、自分の車へと歩いた。ドライブしながらの相談に切り替えることにしたのだ。騒がしい店より、その方が話しやすい。

愛車の助手席に北原を座らせ、夜の国道一号線をあてもなく東へ向かった。

「もうあんたも家に金を入れとるんやろ？　昔ほど金は必要ないやろうに、まだ付き合うとるてことは、お母さんは本気でその男が好きなんと違うか？」

おれの指摘に、北原は即座に反論した。

「ううん。絶対好きと違う。だってＬＩＮＥ見たもん」

「ライン？」

「お母さんが、『これから金を巻き上げてくる』って、友だちの携帯に送ったの、見たことあるんです。好きな人に会うのに、そんな風に書く？」

北原はえらくムキになっている。あんな男を好きであってほしくない。娘としての願望もあるのだろう。

「年も年やし、照れくさいのをごまかしてるのかもしれんぞ」

「絶対違う。見てたらわかる。あれは好きな人に会いに行くノリじゃない。お母さん、もう贅沢の味を憶えてしまってん。服とかバッグとか、欲しいもんバンバン買うし。仕事も休むことが多いし」

よくある話だ。金のため、好きでもない男の相手をする。そしてだんだん深みにはまり、抜け出せなくなる。今も昔も変わらない女の姿だ。

「あたし、お金をバーンとおっさんに投げつけて、お母さんと手ぇ切れって、きっぱり言うつもりなんです。ほんで元のお母さんに戻ってもらうの。そうすれば妹も考えると思う」

北原の声は弾んだ。しゃべっているうちに、気分が高揚してきたのかもしれない。

「なんでおれに頼むの？　そんなに金持ってそうに見えたか」

二十万くらいはなんとでもなる。ほかに頼る人間もいないのだろう。けれどいくら金のためとはいえ、北原がそこまでおれを信用し、家庭の秘密を明かす理由が知りたい。

「服部さん、あたしのこと心配してくれたでしょ？　料理も作って来てくれて、成長してるてほめてくれた。あたし、今までお母さんにも、誰にもほめられたことなかってん。あの、なんていうか……とにかく服部さんは信用できる、あたしの気持ちをわかってくれるて、思ったんです」

車は瀬田川大橋にさしかかった。巨大な電光看板が、北原の顔をまぶしく照らす。

「いろいろ食べさしてもらったくせに、お礼はプリンしかしてないのに、さらにお金貸してっていうのは、図々しいと思うんですけど」

北原はそこまで一気に話すと、疲れたように助手席の背にもたれた。

「それは気にせんで、ええけども……」

この子に不誠実ではいけないと、おれは強く感じていた。正直に話そう。それはこれまでになかった、不思議な心の動きだった。

「もらったプリン、実はおれは食べてへんねん」

「なんや。……あ、いや、あの、おふくろの味と違うんですか？　好きなんやと思て、作ったんですけど」

「ちゃうねん。子供のころは、いろんなプリンをよう食うたもんや。大好きやったしな。でも今食べへんのには、複雑な理由があるねん」

これも神さまの思し召しか。ケントから逃げるなと言われているようだ。六十数年前に目にした、あの施設の十字架がまぶたの裏に浮かぶ。

「おれはあるときから、プリンを食べるのを一切止めたんや。二十五歳のときかな。なにかに願をかけたプリン断ちとか、そういうことではないんやけど」

北原は無言で顔をこちらに向けている。「うばがもちや」の看板が、そのうしろを流れて行く。

通勤ラッシュの終わった国道一号線は交通量も減り、赤い車が追い越し車線をのびやかに走り抜けて行った。

「食べたらあかん、プリンを食べておいしさを楽しむのはよくないと、もうひとりの自分が言いよる、ちゅう感じかな。それが今でも続いとるんや。おれはひとりの人間に対して、申し訳が立たんことをしてしまったからね」

「なにそれ」

急に素で反応された。

「言うとくけど、犯罪とかそんなんではないぞ。悪いことでなく、むしろええことをしたと、当時のおれは信じてた」

「なに、その話。聞きたい、聞きたい。実はあたし、最近入居者さんの昔の話聞くのにハマってんねん。じいちゃんばあちゃんの話、めっちゃおもろくて、漫画のネタになるなーて、思ってんねん」

チュロスにハマっていると言ったときのように、急に北原ははしゃぎ出した。一応おれの生い立ちに関する秘密の部分なのだが、こういう雰囲気で耳を傾けられるのは……。

まあ、ええか。

おれは腹をくくった。

長らく沈黙を守ってきたけれど、戦後の苦労を、時代にほんろうされた人々の人生を、次世代に伝えねばならないときがついに訪れたのだ。告白時の雰囲気など、四の五の言っている場合ではない。

車は草津市から出ようとしていた。

おれは分岐点でハンドルを切り、国道八号線の高架の上り坂でアクセルを踏み込んだ。

第6章

昭和二十八年（一九五三）三月

「キャリーいる？」

見憶えのあるパンパンがうちにやって来たのは、小雨の降る遅い午後だった。おれがうなずくと、彼女は慌ただしく二階へ駆け上がった。

おれと美幸は、居間でケントの子守りをしていた。生後五か月を過ぎると、ケントは畳の上に転がっていることが多くなった。はいはいし始め、ともすればゆりかごから落ちそうだったからだ。

一時間くらいすると、女がキャリーにいとまを告げる声が聞こえた。気になり、女を階段の下で待ち構えた。おれの足元まではって来たケントに気づき、女は赤ん坊を重そうに抱き上げた。

「あんた、どうするよぉ？」

女は弱ったような声を出し、ケントに頬ずりをした。

「キャリーさんがどうかした？」

台所からおふくろが出て来て、女にたずねた。

「どうもこうもありませんよ。マイケル、昨日キャンプを異動してしもたんよ」

女は驚くべき事実を告げ、ケントに顔をしかめて見せた。

「どこへ⁉」

「佐世保（させぼ）やて。マイケルの部下から聞いたし、まちがいないわ。長崎ですよ。そんな遠いとこ、この身体でよう追いかけんて、キャリー、泣いてましたわ」

おふくろの質問に、女は興奮気味に話した。

「ほんでキャリーは、これからどうするて？」

「どうしようもないわね。知らせたとたん、キャリーは泣きっぱなしや。マイケルも子持ち女に、次の人を紹介しようとは思わんわ」

「せやから、産むなて言うたのに……」

まるで自分のことのように、おふくろは悔しそうだった。

「マイケル、子供が生まれてすぐ、お金をぎょうさんくれたんやて。封筒にドルをいっぱい入れて。子供には金がかかるって。もちろん本人も、そのときは異動するとは思てなかったやろけど、結局は手ぇ切るつもりやったんやろな。キャリーは『こんなんいらんし、ケントのとこに来て』言うてたわ」

まくし立てる女にケントは青いつぶらな瞳を向け、よだれで光る唇を開いてニコニコしていた。そこでおれは、あの夜キャリーが手にしていた封筒の中身を知った。

「キャリー、もしかして知らんのちゃうかて思たけど、案の定やった。マイケル、グッバイも言わんと行ってしもたんや」

女はそう言い、ケントを畳の上に降ろした。お座りさせられたケントは、もっと抱いていてほしそうに、手をバタバタと動かした。

＊＊＊

キャリーは高島の叔父さんに、手紙を何通も出していた。すべて「身体の具合が悪いので、しばらくケントをあずかってほしい」という内容らしかった。合計七、八通は出しただろうか。おれや丈夫がポストへ走った回数を合わせると、それくらいになった。

叔父さんからの返事は、いっこうに届かなかった。せめて恒男くらいは見舞いに来てほしかったが、あんなヤツが来るはずないかと思い直した。

ある日白衣を着た医者がうちにやって来て二階へ上がった。腎臓病と診断されたキャリーは、すぐに入院することになった。

「ケントをよろしゅう頼むな」

医者に腕を抱きかかえられたキャリーは、おれの肩をつかんで泣きながら訴えた。

「よう面倒みたってや」

「うん、わかった」

「ほんまに、ほんまに、頼むわな」

おれは何度もうなずくことを、余儀なくされた。

「奥さん、ほんまに、ほんまによろしくお願いします」

キャリーはおふくろにも懇願した。キャリーの脚はむくみ、手伝ってやらないと草履の鼻緒に足の指が通らなかった。

「まかしとき。あんたもしっかり病気を治して、早よケントのとこに戻っといで」

おふくろは冷たい風が吹きつける土間で、キャリーの手をしっかり握って励ました。

キャリーはすぐに退院するだろうと、おれは思っていた。本人もまさか、二度とケントと暮らせないとは、夢にも思わなかったろう。

＊＊＊

「うわあ、プリンやて」

おれたちきょうだいは、その離乳食に目を見張った。

「この子はいずれアメリカに行く。今からステイツの味に慣れさせとかんとあかん」

おふくろが赤ん坊の口にスプーンで運んだのは、柿（かき）のプリンだった。

キャリーが入院して、一か月ほど経ったころ。ケントは神奈川の孤児院に入ることが決まった。そこを経由して父の国アメリカに連れて行かれるらしい。

ケントの処遇が決まったとたん、おふくろはアメリカ風の料理を教会から教わって来て、赤ん坊のための食事を作り始めた。オートミールやトマトスープ、マッシュポテトなどだ。

「ええにおいやねえ」

教会を通じて進駐軍から、旅費と物資の支給がなされた。内密だったらしく、外で物資のことを言うなと、口止めされた。ほとんど食べものだったが、赤ん坊ひとり分にしては多すぎたから、おふくろが交渉の末にせしめたのだろう。

食料の中にバニラオイルがあった。バニラオイルがカスタードに入ると、蒸し器から甘い湯気が上がり、おれたちをうっとりさせた。

おふくろは大きめの平鉢(ひらばち)に一袋十円の食パンの耳をちぎって敷き詰め、水でふやかし細かく刻んだ干し柿をパラパラとまいた。そこへ卵色のカスタードを流し込んで蒸したものは、プリンというよりケーキのようだった。

三日に一度届けられる牛乳で、おふくろはせっせと干し柿のプリンをこしらえた。それ自体は舐(な)めても甘くないのに、バニラオイルはプリンを何倍も甘く感じさせた。カスタードが浸みたパンの耳も、ちょうどいい歯ごたえだった。

「どや？　おいしいか？」

「うん、うまいで。お母ちゃん」

「おいしいわあ」

おれたちが喜んで答えると、おふくろはしてやったりの表情で「ステイツの味や」とうなずいた。

なんでも、キャリーの作るプリンはフランス風であるらしい。おれはキャリーがおふくろにプリンを作るように頼んだのかなと思いながら、パンでゴテゴテした干し柿のプリンを、むさぼるように食べた。

ケントがいなくなることに、一抹(いちまつ)の寂しさは感じていた。けれど食べものの魅力には、抗(あらが)えない。ケントは豊かなアメリカに行く方が幸せなのだと自分に言い聞かせ、おれは甘い甘いプリンを心ゆくまで味わい、ずっとずっとプリンを味わう生活ができるよう願った。

＊＊＊

ケントが孤児院に行く日まで、あと五日とせまっていた。当時定着し始めた「ゴールデンウィーク」が終わったころ、学校から帰ると、いつも夕方六時を過ぎないと帰宅しない親父が、八畳間に布団を敷いて横になっていた。よれよれのランニングシャツにさるまた姿の親父は、左の太腿から足首にかけ、白い包帯が添え木とともに巻かれていた。

「どうしたん？　お父ちゃん」

「ケガしてしもた」

親父はおれを見上げて、日に焼けた顔を歪めた。

ひと足先に学校から帰宅していた丈夫は、ちゃぶ台の前で進と並んで座っていた。丈夫も進も親父の無残な姿にビビり、借りてきた猫のようにおとなしかった。

「お父ちゃん、仕事中に太い材木が何本も倒れてきて、足の骨、折れたんや」

風呂場からアルマイトの洗面器を持って来たおふくろが、忌々しそうに言った。美幸がいつにも増して、おふくろの足にまとわりついていた。打ちどころが悪ければ、死んでいたかもしれない。おれの全身に鳥肌が立った。

「病院からみんなに担がれて帰って来たんやで。治るまで半年くらいかかるんやて。半年も給料なしや。病院代もかかるし、これからどうしたらええのか見当もつかへん。踏んだり蹴ったりとはこのことや」

おふくろは一気にまくし立て、親父の額と左腕の青じんでいるところに水で絞ったタオルを当てた。怒りながらもおふくろの手つきは柔らかく、大きな不安に包まれたおれを一瞬だけ安心させた。

「勇。そういうこっちゃし、今度の土曜日、あんたがケントを連れて行ってんか」

茫然としていたおれに、おふくろはたたみかけるように言った。

「お父ちゃん、便所行くにもひと苦労や。うんこするときもしゃがまれへん。ランドリーもっとせなあかんし、お母ちゃんは家を空けられん。静子は洋裁のアルバイトがある。もうあんたしかおらへんねん。勇、行ってくれるな?」

むちゃくちゃだ。しかし立て板に水のような説得に、口が挟めなかった。

「電車は夕方には熱海に着くし、乗ってる間に二回くらいミルク飲ましたらええ。あとはおんぶして、座ってるだけや」

そこまで聞かされたところで、やっとおれは口を利けた。

「誰かに頼めへんの？」

「無理やねん。他人に頼むと日当を払わなあかんしな。もう日当は病院代に使てしもて、あらへんねや……」

急におふくろは、哀願(あいがん)するような声色になった。

「おれ、土曜日、学校ある」

「学校みたい休んだらええ。金は取られへんし」

ふと見ると、親父がすまなそうにうなだれていた。丈夫と進は親父の一大事にもう慣れたかのように、小突き合って遊んでいた。美幸はおふくろの膝に顔をうずめて、イヤイヤをするように頭を振っていた。

「勇。もうあんたしかおらへんねん。行ってくれるな？」

おふくろの眉と眉の間に寄ったしわの深さに、おれはしぶしぶうなずくしかなかった。

＊＊＊

緊張が高まりつつあった木曜の夕方、土間でお茶を沸かしていると、オリビアがわが家を訪ねて来た。紺色の上着とスカート姿のオリビアは、同色のスカーフで顔や首をすっぽりと覆い、目だけがのぞいて、まるで忍者のようだった。

「どうしたん？　そんなかっこうで」

「ちょっと顔におできができてな」

おふくろの質問にオリビアは明るく答え、「あの鏡台、ほんまにええの？」と言いながら家に上がった。ふたりの会話から想像するに、どうやらキャリーの鏡台を譲ってもらう話がついているようだった。

なかなか退院できないキャリーは、ケントが出て行くのに伴い、うちを引き払った。二階が空いたと、おふくろがオリビアに伝えに行った際、鏡台の話になったのだろう。ひと足早く引っ越し先が決まっていたオリビアは、うちの二階に住むことはなかったが、目をつけていた家具はちゃっかり手に入れたのだ。

「おおきに、奥さん。ほしたら日曜日に、取りに来るわ」

しばらくすると、オリビアとおふくろが二階から降りて来た。

「古道具屋はどうせ買いたたきよるから、あんたに売った方がええわ。ちょっとでもぎょうさんお金が入った方が、キャリーも喜ぶやろ」

おふくろがそう言うと、オリビアはふふふっと笑った。

「でもキャリーの病気、治るの？」

四畳半の框に尻を置き、心配そうにたずねるオリビアは、口元を覆うスカーフのせいで、ずっと声がこもっていた。

「この間見舞いに行ったとき、まだしんどそうにしてたわ」

「ほんまに気の毒になあ。マイケルもおらんようになって、子供も取り上げられて」

「うちかてケントを、好きでそんなとこに連れて行くんちゃうで。あの子の将来を考えてのことやで」

まるで自分が非難されたように思ったのだろう。おふくろは憮然と言い返した。

「堪忍、堪忍。奥さんを責めてるんと違うねん」

焦ったオリビアは、振り向いて謝ろうとしたのだと思う。靴を履き切らないまま上半身を起こし、バランスを崩した。

転ばないようオリビアが腕を大きく振ると、腕に提げていたハンドバッグがスカーフの端に引っかかった。元々ゆるんでいたのか、紺色のスカーフはオリビアの顔から外れ、はらりと土間の上に落ちた。

「あんた。なんやの、その顔」

露わになったオリビアの顔に、おれも息をのんだ。

顔が青黒く腫れていたからだ。右瞼は開けづらそうで、唇の端も切れ、いつかのキャリーの顔より、はるかにひどかった。

「なんでもないねん。大丈夫。ちょっとこけただけ」

答えながらオリビアはスカーフを拾い上げ、素早く顔を覆った。おふくろが土間に降りてオリビアに詰め寄る際、しゃがんでいたおれの背中に、おふくろの悪い方の足がぶつかった。

「殴られたな？　誰や？　トミーとかいうダーリンか？」

オリビアは返事をせず、こちらに背を向けていた。土間の壁に立てかけられた、つるはしをにらんでいるようにも見えた。

「トミーはやさしいのと違うんかいな」

おふくろが声色を変えて話しかけると、オリビアは肩を震わせ、洟をすすり始めた。

「もう別れた方がええで。夫婦と違うんやから。あんた、この間もアザ作ってたやろ。そのうち殺されてしまうで」

「無理や。別れたら、食べていけへん」

「なんでえさ。また新しいダーリン、つかまえたらええやんか」

「すぐには見つからんよ。オンリーにしてくれる人を探すのは大変やもん。まさかトミーに紹介してくれとも言えへんし……」

「しばらくバタフライをしたらええやんか」

おふくろがそう言うと、弱々しかったオリビアの口調が強くなった。

「嫌や。絶対嫌。毎日毎日違う男と寝るのはもう嫌なんや。ちょっとくらいひどいことされても、気心の知れたひとりと寝る方がええ」

オリビアの心からの叫びに、おふくろは口をつぐんだ。

やかんの茶が沸き、注ぎ口から白い湯気が立ち始めた。

「大丈夫。トミーが手ぇ出すのはカッとなったときだけ。普段はめちゃくちゃやさしいねん。……あたしが悪いの。ほら、あたし、すぐいらんこと言うやんか。どうもない。これからは気をつける。うまいことやる」

オリビアはスカーフを頭部に固く巻きつけるようにし、「ほな奥さん、さいなら」と、格子戸から出て行こうとした。

「もしかして福山さんは、あんたが心配で、のぞいてはったんと違うか？」

その声が耳に入らないかのように、オリビアは靴音を響かせ、駆け足で去って行った。

＊＊＊

土曜の早朝、おれはひとりで朝食を取った。かたわらで上下白のベビー服を着せられたケントが、歩行器の中で機嫌よくしていた。

「煮ぬき、入れといたで」

おふくろはアルミの弁当箱を、ふきんで包んだ。

わが家では遠足のときだけ、ゆで卵が弁当に入った。一応おふくろなりに考えてくれているんだなと、心細さが少しだけマシになった。

「これがケントの哺乳びんと離乳食。水筒にはお湯が入ってるから、これで粉ミルクを溶かしなさい。おむつはミルクのとき、一緒に換えたったら十分や」

おふくろはケントにオートミールを食べさせながら、通学用の肩かけカバンに荷物を詰め込んだ。

「中に往復の切符が入ってる。ちょっとお金も入れといた。いざとなったら使いなさい」

そう言っておふくろは、手のひらに収まるくらいの巾着袋(きんちゃくぶくろ)を、おれの首にかけた。

「絶対に身体から離したらあかんで」

袋の中をのぞくと、切符と小銭のほか、三井寺のお守りも入っていた。名札が縫いつけられた紺色の巾着袋の紐は長く、首から提げると、袋がちょうど臍のあたりにきた。

「ケントの送り状や。牧師さんと隊長さんの手紙が入ってる。向こうに着いたら、孤児院の人に渡すんやで」

そう言っておふくろは、洋封筒を肩かけカバンの底に入れた。

カバンはずっしりと重かった。その重さが行く手に待ち構える旅の苦難を表している気がして、心にもズンときた。

道中の注意事項を何度も繰り返され、おれはケントをおぶわされた。

灰色の兵児帯で作られたおぶい紐は、大人用だった。紐の両端を一度輪っかに通しただけでは、紐先がずいぶん余った。そのため紐は、腰に二重に巻かれて縛られた。

「ほな、頼むで」

肩かけカバンと円形の水筒が身体にかけられた。直立するおれの背中で、おふくろはケントの白い帽子の歪みを直した。

「ケント、達者でな。あんたはこんな国から出て、幸せになるんやで」

おふくろの声には、珍しく涙が混じっていた。

まぶしい朝日が、玄関先に植わったカキツバタの青い花を照らしていた。新緑の季節、あのときほど、青く澄んだ大津の空を魅力的に感じたことはなかった。

「勇。頼んだで」

気合を入れるかのような声で我に返った。

おふくろの顔を見てうなずき、乾いた道をズック靴で踏みしめた。しばらくして振り向くと、おふくろに「早く行け」と片手で追い払うようなしぐさをされた。両肩に荷物の重みを食い込ませ、坂の真ん中で再び振り向くと、もう家の前におふくろの姿はなかった。

追分に行くときに毎月使っていたので、別所駅から京阪電車に乗るのは造作なかった。けれど電車の中では席が空いていても、座ることはかなわなかった。座席が浅くて、背中のケントを押しつぶさないか心配だったからだ。

手足をだらんと下げて、ケントはおとなしくしていた。ふたりの進駐軍兵士の姿が見えたが、ケントに興味を示してはくれなかった。

浜大津駅で京津線に乗り換えた。途中通過した追分駅が妙に懐かしく、森中のおばはんでもいいから、見知った大人に会いたかった。

京阪山科駅で下車し、国鉄山科駅に向かった。朝の通勤ラッシュ時、乗り換えのために黙々と歩く人たちに、おれは交じった。

背広を着た初老の男と並んだとき、ケントの顔をのぞき込まれ、「これはアメリカ人か?」と聞かれた。おれは人ごみの中、身体を滑らせるように走って逃げた。

山科駅から京都駅までは一駅だ。大勢の大人の中で、下り列車を待った。ふとケントが気になり首を後ろに回すと、小さな寝息が聞こえた。

ホームに入って来た列車は、蒸気機関車が引いていた。大きな音で目を覚まし、ケントがふにゃふにゃと泣き出した。

泣き声にかまってはいられなかった。汽車のドアが開くと、おれは人の波をかき分けた。

急行きりしまは九時二十分に京都駅に到着し、二十七分には発車する。七分の間にうまく乗り換えられるか、気が気でなかったのだ。

汽車の中でケントはおぎゃーおぎゃーと泣き続けた。周囲の人たちの目が、自然とおれらに向けられた。

汽車は東山(ひがしやま)トンネルに入った。

車窓は閉まっていたものの、黒い煙が隙間から車内に流れ込み、みんなどことなく顔をしかめ、イライラしているようだった。

おれの背丈では吊革につかまれなかった。汽車が揺れるたびにおれたちの身体は周囲にぶつかり、ケントはいっそう激しく泣いた。

「うっさいのう！　ガキを泣かすな、ぼうず！」

男の声で怒鳴られた。そう言われてもどうしようもなかった。誰もなにもしてくれなかった。いたたまれない気持ちのまま、汽車に揺られた。

京都駅の階段では、転ばないよう、壁づたいに進んだ。

ケントは相変わらず泣いていた。

一心不乱に駅の構内を歩いた。新しい駅舎がきれいで、とてもまぶしかったことだけが印象に残っている。

目当てのプラットホームに立ったときは、ほとんど目的を果たした気分だった。急行列車の到着までは時間があり、プラットホームは閑散としていた。

荷物や水筒を肩から外し、おぶい紐をほどいて、背中から赤ん坊を注意深く降ろした。身体が一気に楽になり、背中がスースーした。

木製のしゃれた大きなベンチに、ケントを寝かせた。座面の手前が丸く盛り上がったベンチだったので、赤ん坊の頭が少し下がるような格好になった。

おむつに顔を寄せると、むわっとした臭気を感じた。これが泣く原因か。おれは立ったままでナイロン製のおむつカバーを開き、義務的に手を動かした。幸いにも排泄物のにおいは、ひんやりした風が吹き飛ばしてくれた。

泣き止んだケントの横に、おれはやれやれと腰かけた。高くのぼった太陽が、雨よけ屋根の淡い影を、ズック靴の上に落としていた。

気づくと、いつの間にかケントがベンチの端まではいはいし、肘かけの隙間から頭を出していた。

うわ、落ちよる。

近づき、急いで抱き上げた。

おれはベンチに座り、膝の上でぐずるケントを、抱いて抑えつけた。ケントを片手で支え、もう一方の手でカバンの中から哺乳びんを取り出した。今思えば、その時点でミルクはあきらめればよかったのだ。ケントは泣き止んだのだから。

水筒の湯で、あらかじめ入れていた、哺乳びんの粉ミルクを溶かしにかかった。そうなると作業するのに、膝の上の赤ん坊はじゃまだった。

ケントをベンチの上にうつ伏せに寝かせ、哺乳びんの吸い口を取り外し、水筒のふたをひねった。おふくろの言いつけを守ろうと、おれは必死だった。

湯量がもうすぐ目盛りに届くと思った瞬間、またもやケントがベンチの端から身を乗り出しているのに気がついた。

「あ！」

声が出ると同時に手元が狂った。哺乳びんは手からするりと落ち、プラットホームに転がった。けれど哺乳びんにはかまっていられない。赤ん坊に走り寄る際、勢い余って、おれは哺乳びんを蹴とばしてしまった。

ケントを抱いたまま、立ちすくんだ。哺乳びんは乳白色の液体を漏らしながらコロコロと転がり、線路の脇に落ちてしまった。

カシャン、という音が表した通り、案の定哺乳びんは割れていた。

「どうしよう……」

泣いてしまいそうだった。よだれを垂らしたケントを胸に、途方にくれた。

「大丈夫か？　ボク」

声をかけられ顔を上げると、中年男が立っていた。こげ茶色のハンチング帽をかぶり、人のよさそうな笑みを浮かべて、チューインガムを噛んでいた。

「さっきから見とったけど、ボクはこの子とふたりっきりか？　誰か一緒やないのか？」

男はベンチに腰を下ろした。いつの間にかプラットホームにいる人は増えていた。

「ボクはこのアメリカの子と、どこ行くねん？」

「……神奈川県です」

「ボクの家はどこや？　親はおらんのか？」

「親はいますけど、用事があるから、おれが病院に連れて行きます」

「ほう。偉いなあ」

おふくろに言い含められた通りに答えると、男は目を見開いて言った。

「ボクだけで連れて行くのは大変やろ。どや、おっちゃんも一緒に行ったろか？」

「ほんまですか!?」

「おう、ほんまや。子供だけで遠いとこ行かせるのは心配や。実はおっちゃんもそっちの方に用事があって、行かなあかんと思てたとこや。ちょうどええわ」

目の前に神さまが現れたのかと思った。どこの誰だか知らないが、大人に一緒に行ってやると言われるのは、なんとも心強かった。

「どこで降りる？　同じ切符買うてくるし、ちょっとボクの切符見せてくれんか」

「あ……」

「おう、そのままでは切符が出せんか。よし、おっちゃんが抱っこしてたろ」

男はおれから、ケントを取り上げた。ケントは男に抱かれ、澄んだ青い瞳をきょろりとさせた。おれは首元から巾着袋の紐を手繰り、袋の中の切符を三枚、男に示した。

「なになに、熱海に行ってから大磯まで。えらい遠い病院に行きよるな。こういう子の専門の病院か？」

中年男は腕の中のケントをしげしげと見つめ、「確かにこの子は顔色が悪いなあ」と、つぶやいた。いい人をだますことに気は引けたが、おれは本当のことは言わなかった。

「この子を連れて行って、ボクはどうするねん?」

「ひと晩泊まらしてもうて、家に帰ります」

「帰りの切符は買うたんのか?」

「はい。あります」

胸元の巾着袋に手をやった。厚手のボール紙とお守りを布越しに感じた。

「ほしたら買うてくんのは、おっちゃんの分だけでええな。よっしゃ。ボク、ちょっとここで待っとってくれ」

男はにこやかに告げ、おれにケントを戻して、プラットホームから立ち去った。

帰りの切符がないと言えば、買ってくれるつもりだったのか。男の親切心に感動し、切符を巾着袋の中に戻した。

ケントを抱っこして、ベンチに尻を載せた。

プラットホームには大勢の人がたむろしており、わざわざ近寄ってケントを見る人もいたが、もう怖くはなかった。

しばらくして中年男が戻って来た。

「おう、待たせたな、ボク。さあ、あとは汽車に乗るだけや。おっと、その前にその子をおんぶせなあかんな」

おれはケントをおぶわせてもらいながら、心底安心していた。安心し切っていた。

男はおぶい紐のたるみを取りながら言った。

「それ、じゃまやな。ちょっとうしろに回そか」

前かがみの姿勢をとったので、シャツの中に入れ忘れていた巾着袋が胸元でぶらぶらしていた。男は巾着袋を背中側に回し、おぶい紐をグッと結んだ。大人の男の力強さに自然と気合が入った。

男はおれの胸に巾着袋を戻し、肩かけカバンと水筒を斜めがけさせた。

「よっしゃ。準備完了」

おれは巾着袋を上着の下に入れ、水筒の位置を直した。

「ありがとうございます」

「いいってことよ」

男はベンチに座って煙草に火を点け、思い出したようにたずねてきた。

「哺乳びんは、あるのか？」

「もうありません」

「そうか。ほしたらいっちょ、わし、買うて来たろか」

「え？　どこで？」

「売店やないけ」

「売ってるんですか？」

「あたりまえや。こういうときのために、売店はあるんや」

男は鼻から煙を吐き、煙草の吸い殻を足元に捨てて立ち上がった。

「すぐ戻ってくるさかいな。勇君、待っとけよ」

男は両手をジャンパーのポケットに突っ込み、人々の間をぬうように歩いて行った。

頼りになる人や。おれは男の背中を、うれしく見送った。

男はなかなか戻って来なかった。

売店は遠いのかもしれない。哺乳びんは売ってなくて、外の店まで買いに行ったのかもしれない。そんなことを考えながら、おれは男を待った。

そろそろ急行列車が到着する――。

何度も時計を見ていたおれは、ふと巾着袋の紐をたぐり寄せ、袋の口に指をかけた。

「あれ？」

指に感じる重みに違和感を持った。巾着袋を開けてみると、平たいチューインガムが二枚入っていた。不思議に思いつつも、その甘い香りにニンマリした次の瞬間、おれは青ざめた。

巾着袋に入っているはずの切符がなかった。乗車券も普通急行券も、帰りの分も、おふくろが入れてくれたわずかな金もなくなり、三井寺のお守りだけが残っていた。

上着とズボン、ありとあらゆるポケットの中を探った。もしかしてケントが握っているのではと、おんぶしたままヤツの両手をつかんだが、小さな手のひらには、湿ったほこりがついているだけだった。

すぐさまプラットホームを歩き回った。大人たちの身体に頭や肩をぶつけて文句を言われながら、目を皿のようにしてあたりを探し回った。歩き回られて楽しくなったのか、ケントがキャッキャとうれしそうな声を上げた。

前かがみのまま、ベンチに戻った。うろうろしているうちに、勢いあまってベンチの肘かけにケントの頭がぶつかった。当然ケントは、火がついたように泣き出した。

啼泣（ていきゅう）の合間、急行きりしまが到着するという放送が聞こえた。

中年男が立ち去った方を見たが、もちろんヤツの姿はなかった。列車が近づいて来たことに気もそぞろな人々は、赤ん坊を背負った少年に目もくれない。おれはその場でしゃがみ込み、半泣きになった。

「アー　ユー　オゥケイ？」

聞き慣れた言葉の調子に顔を上げると、鼻のとがった西洋の女の人が立っていた。

女の人は群青(ぐんじょう)色のロングスカートのツーピースに、そろいの小さな帽子を栗色の頭に載せていた。肘に提げた黒い革のハンドバッグは、鈍い光沢を放っていた。

おれの背中を指し、英語でなにやら問われた。答えられずに固まっていると、立派な帽章の制帽をかぶったアメリカ人将校が近づいて来て、おれのそばにしゃがんだ。

「ベイビー　ナイテイル」

銀髪の将校は片言の日本語を話した。おれは唇を固く結んでうなずいた。

「ベイビー　クダサイ」

びっくりして立ち上がり、あとずさった。切符と金を盗られた上に、ケントまでさらわれてはかなわない。

「ハングリー？　スリーピー？　シックネス？」

赤ん坊の泣いている原因を次々と並べられ、本当に心配してくれているのだと、おれは足の動きを止めた。

将校の灰色の瞳と目尻のしわに威厳を感じた。

この人は悪人ではなさそうだ。おれは涙声で「頭が痛いんやと思います」と伝えた。

将校はおれのカバンと水筒を外しておぶい紐をほどき、ケントを両手でかかえた。

おれはケントの頭を帽子の上からそっとなでた。頭の左側をぶつけたのはわかっていたので、そこをなでては放し、「痛いの、痛いの、飛んで行け」と、泣きながら何度もつぶやいた。日本独特のまじないを不思議そうに、そして興味深そうに見たあと、将校は質問してきた。

「マミー　ドコ？」

すでに急行列車はホームに停車し、扉も開いていた。ぶどう色の車両から降りる大きな荷物を背負った人や、見送り人にあいさつする人たちで、あたりはごった返していた。

あと六分しかない。

切符はない。

おれはこの人に頼もうと決めた。

床に置いたカバンから封筒を取り出し、将校に差し出した。相手は目を丸くしたが、鼻のとがった女の人にケントをあずけ、封筒を受け取ってくれた。

封筒の表裏を何度か見返していた将校に、おれは巾着袋の中を見せ、必死に訴えた。

「早く読んでください。プリーズ、プリーズ。ケントを神奈川に連れて行かなあかんのですけど、行けなくなりました。悪い人に切符とお金を盗られました。おれの代わりにケントを連れて行ってください。そこへ行かないと、ケントはアメリカに連れて行ってもらえへん」

将校はおれをなだめるようになにか言い、封筒の糊がついていない部分に指を差し入れて開封した。そして取り出した便箋を忙(せわ)しなく視線を動かして読み終えると、思案顔で再びおれに質問してきた。

「オンリー　ユー？　ヒトリ　デスカ？」

大きくうなずくと、将校はなにかつぶやきながら、おれの頭を大きな手でなで、鼻のとがった女の人に英語で説明し始めた。

女の人は腕の中のケントを何度も見ながら、驚き、憐れみ、怒り、そして納得したという風に次々と表情を変化させ、最後に目を閉じてうなずいた。

「オウケイ。イキマショウ」

将校は真顔で、おれに告げた。

これで苦しい役目から解放される。そう思うと、がくっと膝が折れそうになった。

そうだ、おむつとミルクを渡さねば。おれはカバンと水筒を拾い上げた。

急行列車の発車を知らせるベルが、プラットホームに鳴り響いた。

女の人はケントを抱き直し、先に列車に乗り込んだ。将校も立ち上がり、「レッツ　ゴー」と革製のアタッシェケースを持ち、もう片方の手でおれの腕をつかんだ。

「ノー！　切符ない！　切符ない！」

強い力に引きずられながら伝えると、将校はニッと笑った。そして大股で車両にとび乗り、おれの身体をふわりと車中に引き込んだ。

中途半端におれの身体につながっていたおぶい紐が、引きずられてプラットホームに垂れ残った。気づいた将校は、「オット　イケナイ」といったしぐさで、紐をするすると手繰り寄せた。

あっけにとられるおれをよそに、将校と女の人は顔を見合わせ、愉快そうに笑い出した。

今思えば、ふたりはさほど若くはなかった。けれどとても仲がよさそうで、キャリーとマイケルが笑い合っている姿をほうふつとさせた。

ベルが鳴り終わると、将校は車両のドアを力強く閉めた。ケントは女の人の腕の中に心地よさそうに収まっていた。

どこからか万歳三唱が聞こえた。

見送りの人々は、皆一様に手を振っていた。

おれとケントを乗せた急行列車は、東へ向かってゆるゆると走り出した。

＊＊＊

混雑した二等車をぬけ、おれたちは一等車の個室寝台に連れて行かれた。進行方向に向かって車両の左側が通路となっており、右側に個室がいくつかあった。個室の入口にはカーテンが下がり、寝台が上下二段で設置されていた。

ケントを抱いた女の人とおれは、将校に通路で待つように言われた。やがて戻って来た将校は、自分たちの席は一番端だと、割れたあごで指した。

畳二畳分くらいの個室は、車窓が大きくて明るかった。木枠に囲まれ、和柄の刺繍が施された寝台はとても豪華で、座るのがためらわれるほど美しかった。のちに聞いたところによると、西陣織が使われた列車があったらしい。

女の人はケントを抱いたまま、寝台下段の窓際に腰かけた。将校もアタッシェケースを床に置き、寝台下段に座って、おれにも座るように命じた。

緊張しながら寝台の中央に尻を載せたおれに、女の人が英語でなにか言った。

「ワタシノオクサン　ローラ。ワタシハ　デビッド」

将校は妻を手のひらで示したあと、自己紹介をした。そして京都から東京への旅行だが、赤ん坊がいるので座席を個室に変更したと説明してくれた。

「ワッチュアネイム？」

デビッドがおれにたずねた。

「服部勇です」

「イサム？　オー　イサム。イサム　イズ　グッネイム」

デビッドは感心したようにうなずき、「イサム・ノグチ　シッテマスカ？」と、質問してきた。

イサム・ノグチは日本人の父親とアメリカ人の母親の間に生まれ、日本とアメリカで勉強をして立派な人になったと聞かされた。混血児ケントもがんばれば、立派な人生を歩めると伝えたいのだな。デビッドの説明には英語も混じっていたが、なんとなく理解できた。

ふたりに挟まれ、車窓から景色を眺めた。列車は速度を増し、景色は風のように流れていた。

畦道（あぜみち）の間にぽつんぽつんと、茅葺（かやぶき）の家が建っていた。田植えが終わったばかりの水田は、陽光が水面にキラキラと反射して、まぶしいほどだった。風薫る湖国の田園風景に、戦争の爪あとはまったく感じられなかった。

車掌が声をかけてきた。

車掌はデビッドの差し出した二人分の切符をうやうやしく検札し終えると、おれにちらりと目をくれ、立ち去った。デビッドは満足げに目を伏せ、おれに向かってウインクをした。

ケントはともかく、おれが無料になるはずはなかった。デビッドはどのような交渉をしたのだろう。不思議な心持ちで、あらためてデビッドの胸に着いた、いくつものメダルやバッジを見つめた。

座っているのに疲れたようで、デビッドはおれとケントを寝台の上段に行かせ、下段の寝台に寝そべり出した。

寝台上段からは、外の景色はほとんど見えなかった。おれはケントを寝台の奥に寝かせ、寝たまま書きものをするデビッドと、横座りをしてレース編みをするローラを上から眺めた。

ふたりはときどき英語で会話していた。心地いい響きが耳をくすぐり、仰向けで車両の天井を見ていただけだったのに、退屈しなかった。

本当ならケントをおぶって、三等車の硬い座席で列車に揺られるはずだった。なのにこの気楽さはどうだ。本当によかった。しみじみとそう思った。

ケントの泣き声で目が覚めた。おれは寝ぼけ眼でおむつを換えながら、腹が減ったのだろうと、哺乳びんがないことを悲しく思った。おれの腹の虫も鳴ったが、自分ひとりが弁当を食べられないと、行動には移せなかった。

やおらデビッドが上段に顔を見せ、おれに腕時計を示しながら言った。

「イッツ　ランチタイム。レッツゴー　ヒルメシ」

おれははじかれたように、寝台の柵に足をかけた。

四人はローラを先頭に二等車両をぬけて、いいにおいの漂う食堂車に入った。中はさほど混んでおらず、アメリカ人と立派な洋服を着た日本人が、まばらにいるだけだった。

おれたちは車両の真ん中付近のテーブルに案内された。ローラが窓際に、列車の進行方向に向かって腰かけた。妻の向かいにデビッドが座り、おれはローラの横に着いた。

テーブルの端には小さな花びんが置かれ、赤い花が活けてあった。

頭に白いフリルのカチューシャをつけたウェイトレスが、メニューを持って来た。

「イサム　スキノ　タベモノ　ナニ?」

ごちそうになると思うと、正直に言うのははばかられた。もじもじしていると、ぐずるケントを腕の中で揺らしながら、ローラがなにか言い、デビッドは再びおれにたずねた。

「イサム　エッグ　OK?　タマゴ　スキ?」

おれはデビッドに向かって、大きくうなずいた。

デビッドはウェイトレスにいろいろと細かく言いつけた。そして急須を持って来るよう伝えて、注文を終えた。

最後の注文に首をひねった。アメリカ人も日本での生活が長くなると、食事中にお茶を飲むのかなと考えた。

食堂車の窓から景色を眺めた。

険しい山の中腹に民家がせせこましく建っていた。さお竹に袖を通されたシャツが風にはためいているのを見たときは、今日もアメリカ兵の軍服の洗濯をしているだろうと、おふくろを恋しく思った。

先にそれぞれの飲みものが供された。デビッドはビール、ローラはレモネード、ケントはホットミルクで、おれにはオレンジジュースが与えられた。

みかんの皮よりも濃い橙色に見とれていると、やおらローラが白い急須のふたを開け、カップの中のホットミルクを注ぎ入れた。

アメリカ人はやっぱり急須の使い方を知らない。目をぱちくりさせるおれを見ながら、ローラは急須の注ぎ口を、ケントの口にあてがった。ケントはなかなか注ぎ口をくわえなかったが、何度もミルクを唇に感じるうちに、少しずつ飲み下し始めた。おれはローラの頭の良さに感心した。

列車が名古屋駅に停まると、最初の料理が運ばれてきた。

つややかに輝く黄金色の料理が目の前に置かれた。

「オムレット」

ローラが告げた料理の名は知っていたが、実物を見たのは初めてだった。大きな平皿の上で存在感を示す卵料理に、大げさでなく圧倒された。

西洋風に盛りつけられた、橙色のごはんの載った皿もやってきた。

「チケンライス。ニホンジン　ゴハン　スキネ」

こっちもおれの分らしい。本当に全部食べていいのか。夢見ごこちでにおいを嗅いだ。いったい卵が何個使われているのだろう。きれいな紡錘形にまとめられたオムレツは、スプーンで山盛りにすくっても、巨大な砂山を赤子の手でひとつかみしたくらいしか減らなかった。外は焼けているのに内側は半熟で、とろとろの卵が銀の匙の上で細かくふるえた。

湯気の上がるひと匙を口に入れると、バターの風味を感じた。添えられたケチャップはハインツだった。カーニバルのホットドッグにつけられたものと同じ味だったので、すぐにわかった。日本製よりも濃いそれをつけて食べると、卵の甘みが引き立ち、うまさが膨れ上がった。

「オイシイ?」

列車の振動で揺れるテーブルをものともせず、夢中でオムレツを食うおれに、デビッドがたずねた。返事をするのももどかしく、おれは大きなオムレツを減らしていった。

デビッドはビールを飲みながら、悠然とステーキを口に運んでいた。ローラはケントになにか柔らかいものを食べさせながら、サンドイッチをつまんでいた。トマトやきゅうり、レタスなど生野菜のサラダも並び、うちのちゃぶ台と違い、彩り豊かな食卓だった。

おれはチキンライスをほおばった。鶏肉と玉ねぎ、ハムと青豆が入り、おふくろが作る具のない焼き飯とは、まったく別の料理だった。

チキンライスは、白いごはんを炒めてケチャップを混ぜただけではないようだった。飯粒の中まで橙色に染まり、しっかり味がついていたからだ。甘くて少し酸っぱくて。飯粒がひとつひとつ立った、弾力あるチキンライス。余すところなく、すべておれの胃袋におさまった。

腹が満たされたケントはご機嫌で、デビッドが出すちょっかいに、キャッキャと笑い声を上げていた。

ご機嫌なのはおれも同じだった。腹いっぱいに食べられた満足感はなにものにも代えがたい。この上なく幸せな気分で、おれは急行列車に揺られた。

車窓の外には田畑が広がっていた。枝ぶりのいい大きな木が真昼の陽差しを遮り、休憩を取る農民たちを守っていた。

「イサム　デザート　オカシ　オカシ」

舌に残った卵やケチャップの余韻(よいん)に浸っていたおれに、デビッドが言った。

大ごちそうを食べたばかりだというのに、菓子までくれるのか。このアメリカ人はなんて気前がいいのだろう。おれはうれしさを通り越して、驚くばかりだった。

空の皿を片づけたウェイトレスが、デザートを運んで来た。

「プディン」

目の前に置かれた皿の上の洋菓子は、白いホイップクリームと缶詰のみかんとさくらんぼが添えられ、正統な盛りつけをなされたカスタードプリンだった。

おれはプリンにスプーンを差し入れた。

木綿豆腐のように硬くなめらかで、食べごたえがあった。バニラの香りも上品で、これが本当のバニラオイルの配分なのかと、納得した。

赤ん坊でも味がわかるのかもしれない。プリンをひと口食べさせてもらうごとに、満足げに両手をばたつかせるケントに、おれは思った。

大きな川を列車が渡り出したころ、食事を終えた。

「イサム。ポット　モツネ」

おれはケント用のリンゴジュースの入った急須を持ち、アメリカ人夫婦のあとについて個室寝台に戻った。

食後ケントは、あっという間に寝てしまい、おれも列車の揺れを心地よく受けて昼寝をした。

静岡駅を過ぎたころ、ケントが目を覚まして泣き出した。

おれはケントを抱き起こし、膝に座らせ、寝台の頭側に設置された小さな板台の上の急須を手に取った。急須の注ぎ口をくわえさせると、ケントは上手にリンゴジュースを吸った。ジュースが一気に口の中に流れ込まないよう、ローラをまねして、急須を少し傾けては戻すことを繰り返した。

甘酸っぱいにおいが、いや応なしにおれの鼻に届いた。ケントがジュースを飲み下す合間、おれは急須の注ぎ口に自分の舌をはわせ、リンゴジュースをちびちびと横取りした。

＊＊＊

デビッドに声をかけられ、熱海駅が近づいて来たことを知った。おれはケントをおぶわせてもらいながら、急に心細くなった。

いつの間に買ったのか、デビッドは熱海駅から大磯駅までの切符を手渡してくれ、最後に一通の封筒を掲げた。

「オオイソ　ワタシナサイ」

この手紙で帰りの切符は準備してもらえるだろうと、デビッドは笑った。親切なアメリカ人将校の目尻に深いしわが寄った。その白い頬とあごには、朝はなかった銀色のひげが、うっすらとのびていた。

手紙には盗難などの事情が書いてあるに違いなかった。京都駅で開封された送り状も、新しい封筒に入れ直してくれていた。

「どうもありがとうございました」

丁寧に頭を下げた。折った腰をまっすぐに戻すと、おれを鼓舞するようにケントが両足をばたつかせた。

「イサム　グッネイム。ガンバレ　イサム」

デビッドは再びそう言い、頬をなでてくれた。

実はおれを励ましてくれていたのか。そのときになって初めて気づいた。

「グッバイ。イサム」

別れ際ローラはおれをやさしく抱いてくれた。香水のいいにおいに、思わず顔が赤らんだ。

「テイキッリージー！」

デッキに並んで手を振るアメリカ人夫妻の姿は、映画のワンシーンのようにキマっていた。


ケントとともに、夕闇迫る熱海駅のホームに降り立った。とうとう関東、神奈川県にまで来てしまったのだ。

頬に残るデビッドの指の感触と、ローラの胸の丸みを思い出しながら、熱海駅のプラットホームを歩いた。あと一時間もかかると思うと気が遠くなったが、おれはイサムだからがんばろうと思った。

熱海駅は人が多かった。行き交う人々は、有名な温泉場に浮かれていた。日本人女性を連れた進駐軍兵士を、何人か見かけた。ケントにぶしつけな視線を送る人もいたが、おれはなるべく気にしないようにした。

東海道(とうかいどう)線上りの在来線は電化されていた。車内は空(す)いていたが、おれはドアのそばに立っていた。車窓から見える景色は、太陽が沈むとともに見えなくなった。

ふと思い出し、肩かけカバンから弁当を取り出した。ふきんの結び目をほどき、弁当箱のふたを開けると、麦の混じらない握り飯が二つと、ゆで卵が現れた。

唾が口の中にどっと流れ出た。おれはケントをおぶって直立したまま、握り飯を食った。飯の上に溶けた強めの塩と、酸っぱい梅干しがうまかった。

もうちょっとや。

最後にゆで卵をつかんだ。

おふくろとキャリーの顔が思い出され、ふいに涙がにじんだ。

白身には醤油がまだらにつけられていた。パサついた黄身と硬い白身が混じるようによく噛むと、心にしみる味がした。

もうちょっとや。

もう少しで目的地に着くと自分に言い聞かせながら、おふくろのこしらえてくれた弁当を、車窓に映る自分を見ながら食べた。

おれの気持ちが伝わったのか、食べている間、ケントは少しも泣かなかった。

大磯駅に着いたときはすっかり夜だった。駅前広場の高い電柱がやけに目立ち、電線の間を吹き抜ける潮風が、ヒューヒューと虎落笛（もがりぶえ）のような音を響かせていた。

数人の乗客が一緒に下車したが、駅舎から出ると、あっという間に散り散りに消えた。広場に一台の黒塗り自動車が停まっていたが、誰も乗せずに走り去った。

右方にうっそうとした森が見えた。地図によるとそこが目的地だったが、森は不気味な煙幕（えんまく）みたいで、おれの足どりは重くなった。

いったいどこから入ればいいのだろう。森を囲む長い石垣に沿って右に歩むと、背の高い門が現れた。人気（ひとけ）はなく、おとぎ話に出てくる西洋の館の入口のようだった。

鉄製の扉を押してみた。蝶番（ちょうつがい）がギギギーッと不気味な音をたてた。

小山のような暗い敷地を、慎重に歩いた。乾いた土を踏みしめるズック靴の音が耳についた。

曲がりくねった坂をのぼるように進まねばならず、ケントや荷物を余計に重く感じた。赤ん坊は眠っていたのか、起きていたのかわからない。ただ規則正しく呼吸をしているやわらかな腹の動きだけが、おれの背中に伝わっていた。

とても広いところだった。

風が木立の葉をざわざわと揺らした。盗賊がとび出して来そうで、音がするたびドキッとした。全身に鳥肌が立っていたが、手のひらは汗ばんでいた。

やがて小さな電灯の下に、ぼんやりと道しるべが見えた。矢形の木板に孤児院のある方向が示されていた。

小走りで矢印の指す方に向かうと、なんとトンネルが現れた。大きなものではなかったが、小型自動車くらいは通れただろう。

抜けた先がどうやら孤児院らしい。トンネルの出口は向こう側の灯りで、縦長のかまぼこ形に浮かんでいた。かまぼこはとても小さく、トンネルがいかに長いかを物語っていた。

トンネル内に電灯はなかった。足元は見えなかったが、意を決して前に進んだ。

湿った冷気が不安をあおった。

おばけが立っていそうで、壁は直視できなかった。

小石を蹴った音に息をのんだ。

水たまりを踏んだ音にビクついた。

正一やおふくろの顔を必死に思い浮かべ、「なんまんだぶ」と繰り返しながら、歩を進めた。

アメリカ人の結んだおぶい紐が、ゆるんできた。身体は大きいくせに、やさしく結わえると思ったら、案の定だった。

おれはずり落ちたケントを引き上げるため、膝を曲げてジャンプした。

とたんにケントがうれしそうな声を上げた。

キャキャキャッ――。
　キャキャキャキャッ――――。
　　キャキャキャキャキャッ――――――。

おれが軽くジャンプするたびに、ケントのはしゃぎ声がトンネルの中にこだました。

キャキャキャキャッ――。
　キャキャキャキャキャッ――――。
　　キャキャキャキャキャッ――――――。

まるでケントが何人にも増えたようで、楽しくなった。
「ガンバレ　イサム」
デビッドの声も聞こえた。
おれはイサムだ。がんばれば、立派な人間になれるのだ。

何度もとびはねるうち、勇気がわいてきた。

この子はアメリカで、同じような仲間と一緒に幸せになるだろう。おれはケントを無事に送り届け、おふくろやキャリーにほめてもらうのだ。

これからは恒男のような卑怯なヤツにも、堂々と文句を言ってやる。おれは親父のような、情けない男にはならないぞ。自分の人生は、自分自身で切り開いてやる——。

カエルのようにとびはねながら、トンネルを進んだ。はねるたびにおぶい紐が両肩に食い込み、カバンと水筒が腰の上ではずんだ。

仄明(ほのあか)るいかまぼこ形が、どんどん大きくなっていった。

ケントは飽きもせずに、喜んでいた。

出口の向こうの様子が感じられるようになると、さすがに息が切れてきた。

思わず足が止まった。

すると馬の尻をムチ打つように、ケントが太腿を蹴りつけやがった。

おれは最後の力をふりしぼり、ジャンプでトンネルからおどり出た。

昭和二十八年八月

　この間の大雨では、信楽(しがらき)の方でも四十人以上死人が出たらしいと、おふくろとミキが台所で話をしていた。キャリーのあとに二階に住んだのはミキとマリーで、ミキは四十路(よそじ)のバタフライだった。

「勇……」

　ムシムシする土間でお茶を沸かしていたおれは、ぎょっとした。格子戸の向こうにキャリーが立っていたからだ。おふくろからキャリーは長くないだろうと聞いていたので、幽霊かと思ったのだ。

「勇、ひさしぶり」

　何か月ぶりかで会ったキャリーは、げっそりとやせていた。パーマっけのない髪をひっつめ、白っぽいワンピースに黒いカーディガンを羽織り、吹けばとぶような雰囲気だった。

「奥さん、いる?」

おれは慌てて、台所にいるおふくろを呼んだ。

「あれまあ、キャリーさん」

土間に出て来たおふくろはうわずった声で、彼女を迎え入れた。

「あんた、退院できたんか？」

キャリーは無表情で、首を縦に振った。

「そうかそうか。それはよかった。……いや、えらい具合悪そうやったから、まだまだ退院は無理ちゃうかて、正直思てたんよ。治ったか？」

「なんとか……」

「それはなによりや。いやほんまに、よかった、よかった」

おふくろは大げさに喜び、「そやそや、衣装をあずかってたんやったな。今持って来る。勇、ちょっと手伝うて」と、キャリーに話す間も与えず、よたよたと台所の方に戻った。

おれはおふくろのあとについて、洗濯場まで行った。

鍋みがきをさせられていた丈夫が、鍋を放り出してそばに寄って来た。おふくろは作りつけ棚の中段に置いてあった竹行李（たけごうり）の片方を担ぐよう、おれに命じた。

「丈夫。汚い手で触ったらあかんで」

すすで真っ黒の手を引っ込め、残念そうな丈夫を押しのけ、おれは行李の下に手を差し入れた。薄くほこりをかぶったそれは、さほど大きくなかったが、中身がつまっていた。

おれとおふくろは竹行李を運び出し、四畳半のあがり框にどさりと置いた。

「衣装は言われた通りに残しといたで。それから売るように言われたやつは……そや、渡しに行こうと思て、忘れてた。堪忍堪忍。ちょっと待ってや」

おふくろはそう言って奥に引っ込み、財布を持って来て、キャリーに三百円を握らせた。

「はい、これが古着屋に売ったオーバーの代金」

竹行李のふたを開け、たたまれた衣類を一枚ずつ確かめるようにめくっていたキャリーは、三百円を握ったまま、「ケントの服は入ってないの?」とたずねた。

「……ないわ。孤児院に持って来んでもええて言われたし、近所で子供の生まれた家にやってしもた」

おふくろはバツが悪そうだった。ベビー服を譲る代わりに、その家の畑で採れた野菜を、たくさん受け取っていたからだ。

「おもちゃも?」

「木馬とかマイケルが持ってきたやつは珍しいさけ、ほしい人に売ったんよ。……そや、そのお金をあんた、入院してるときに持って行ったげたやんか。キャリーさん、入院費の足しになるて、喜んでたやん」

キャリーは思い出したように、うなずいた。

「あんたも早う、赤ん坊のことは忘れなさいや。いつまでも考えてたら、ちょっとも前に進まれへんで。病院でもそう言うたやろ」

おふくろが諭すように言った。

「そんなこと、わかってる」

うつむき加減で応えたキャリーの声は、本当に寂しそうだった。

「……そや。太鼓が残ってたんちゃうか。勇、ほら、あのでんでんを持っておいで」

慌てたようにおふくろは命じた。おれは八畳間に入り、美幸や進がひっくり返していた木箱の周囲を、素早く目で探した。目当てのおもちゃはすぐに見つかり、おれはでんでん太鼓を拾い上げた。

「あー、それかしてー。おれのやでー」

そろばんの上に乗って遊んでいた進がそばに来て、手をのばした。

「なに言うてんねん。お前、もうこんなんで、遊ばへんやんけ」

おれは進の手が届かないよう、高く持ち上げて四畳半に戻った。そして框から土間に立っていたキャリーに手渡した。

キャリーはでんでん太鼓をじっと見つめた。おれを追いかけてきた進はキャリーの姿を見て、黙った。

誰も口を開かなかった。

土間は蒸し暑い空気で満たされていた。

キャリーがでんでん太鼓を、くるりくるりと半周ずつ回した。玉が弱々しく膜に当たり、気の抜けるような音を立てた。

「これ、もろてもええ？」

「ああ、持ってって、持ってって。うちはもう使わへんから」

おふくろの返事にキャリーは安心したように、おもちゃをハンドバッグの中に収めた。

「そやけどキャリーさん、あんた、今どこにおるの？」

おふくろは、さも心配そうにたずねた。

「知り合いのとこに寄せてもうてるねん」

「仕事はできるのか？」

キャリーは「たぶん」と答え、大きな風呂敷をハンドバッグから取り出した。竹行李を行商のように背負う気で、彼女はやって来たのだ。

「重いで、これは」

おふくろは竹行李を包むのを、手伝い始めた。おれも指図通りに、紫色の大布をひっぱったりした。

丈夫は鍋を放り出したまま、四畳半にしゃがんでいた。台所からおれたちの様子を見ていたミキは、洟をすすりながら二階へ上がった。

キャリーはなんとか荷物を背負った。細い手足がいかにも頼りなく、歩いているうちに、ぽきりと折れてしまうのではないかと、不安になるほどだった。

「勇、キャリーについて行って、荷物をうしろから支えたり」

さすがのおふくろも不憫に思ったのだろう。母の命令に、おれはズック靴を履いた。

竹行李の尻を両手で持ち上げ、キャリーについて歩いた。病み上がりの上、荷物を背負った彼女の歩みは、子供でも「トロいなあ」と感じるくらい、のろのろしたものだった。

「……勇、すまんな」

キャンプを過ぎ、三井寺の門前でキャリーが言った。

「重たいやろ?」

「どうもない」

「重たいくせに、意地はって」

「ケントの方が重たかった」

しまった。余計なことを言ったと、後悔した。

急にキャリーは立ち止まり、「休憩しよか」と荷物を道に降ろした。気まずかったので、早く行ってしまいたかったが、仕方なくおれは従った。

道端に並んだ不揃いの石柱に、それぞれ腰かけた。脇の小川は干上がり、夏の太陽はまだ沈む気配がなかった。

「ケントは大きいなったんやろな」

キャリーは汗の浮かんだ額を手の甲で拭い、おれに話しかけてきた。

「あの子、よう食べたやろ？」

「うん。あいつ、よう食いよったで。アメリカ人の血が流れてるし、よう食うて、早よ大きいなるわて、お母ちゃんも言うてた」

涙ぐんだキャリーに、おれは思った。もしかしたらケントのことを、もっともっとキャリーに話した方がいいのではないかと。

「ケントは普通の子より、早よ寝返りもうったし、早よはいはいしよったで」

キャリーは黙って、何度もうなずいた。

「ケントの屁の音は、お父ちゃんの屁より大きかったで」

「あの子、生まれてすぐから、すごかったわ」

相づちを打つキャリーの目は、楽しげなものになった。

「おれ、一回おむつ換えてるときにやられて、びっくりしたわ」

「元気な子やったさかいな」

「動き回るし、おれ、汽車待ってるとき、往生(おうじょう)した」

「汽車て、勇、ケントをどっか、連れてってくれたんか？」

「うん。おれひとりで、ケントを神奈川の孤児院に連れてったんや」

「え？　奥さんと違うの？」

キャリーの顔色が、急に変わった。

「勇ひとりで？　赤ん坊連れて、そんな遠いとこへ……。大丈夫やったか？」

念を押すように、キャリーはおれにたずねてきた。

「どうもなかった。おれ、急行きりしまに乗って、ちゃんと送ったったで」

ここぞとばかりに自慢した。その時点ではまだ、ほめてもらえると信じていた。

「そうか……。勇はすっかり、お兄ちゃんになったんやな」

キャリーは複雑な表情でつぶやいただけだったので、ちょっともの足りなかった。

「ケントは泣いて、汽車の中で往生したやろ」

「……ううん。たいしたことなかった」

まずいことを言ったようだと、やっと気づいた。母親に心配をかけてはいけなかったのだ。

「ケントは孤児院の人に、おとなしい抱っこされてたか？」

「うん。おとなしい抱っこされてたで」

顔を真っ赤にさせて泣き叫び、孤児院の人から逃れようと、最後まで身体をのけ反らせて抵抗していたケントを思い出しながら、おれは答えた。

キャリーはふいにハンドバッグの中からでんでん太鼓を取り出し、柄に鼻を近づけて、二、三回、すすっとにおいを嗅いだ。

「ケントのにおい、残ってへん。あんなにいっぱい握らせたったのに……」

悲しそうにキャリーはつぶやいた。

「なんで、においみたい嗅ぎたいの？」

「なんでて、母親ちゅうのは、そういうもんやねん」

もっとケントの思い出がほしいのか。おれは「ちょっと待ってて」と言い置き、猛然と元来た道を戻った。あれを渡せばきっとキャリーは喜ぶ。そう考えた。

家に入り、押し入れの隅に突っ込んでいたおぶい紐を探り当てると、おれは再び三井寺の門前へと走った。

所在なさげに座っていたキャリーは、息を切らして近づくおれを無言で迎えた。

「これ、ケントのにおい、ついてるで」

キャリーは尿じみのついたおぶい紐を受け取り、自分の鼻先に近づけた。

「これがケントのにおい？」

孤児院のトンネルの中ではしゃいだケントは、いつもよりたくさん小便をした。リンゴジュースのせいもあったろう。そのためおむつからあふれた尿が、おぶい紐にたっぷり浸みたのだ。おぶい紐は帰宅後、洗わずに干しただけだった。

キャリーはおぶい紐に顔をうずめて大きく息を吸い、そのまま、くすくすと笑い出した。

「そうかー。これがケントのにおいかー」

笑い声は次第に大きくなり、「春の麦畑やー」と、キャリーは腹をかかえ始めた。

ホッとして石柱に座ると、笑い声はだんだん、泣き声に変わってきた。

唖然(あぜん)とするおれの隣で、キャリーの啼泣は勢いを増した。道行く人にじろじろと見られ、背中のケントが泣いたときより居心地が悪かった。

「ケントに会いたい……」

ふいにキャリーは言った。

「マイケル……。お願い、助けて……」

当惑しているおれの横で、キャリーは泣きながらつぶやいた。

「ケント――。ケント――」

キャリーはわが子の名を呼び続け、気持ちの収まる気配を見せなかった。寂しく悲しい、愛児の名を呼ぶ母の声。なんともいたたまれなかった。

「あ、あんな。おれ、マイケルに会うたで」

とっさに口走った。とにかくキャリーに泣き止んでほしかった。

「おれ、ケントを神奈川に連れて行く途中で、マイケルに会うてん」

「どこで？」

キャリーは顔を上げ、濡れた瞳でおれを見つめた。

「急行きりしまで」

キャリーはピタリと泣き止んだ。瞳に生気（せいき）が宿り、青白かった頬に赤みがさした。

「ほんまやで。あんな、偶然やけどな、汽車に乗ってはってん。ケントを抱っこしたし、おれ、汽車の中でオムレツとチキンライスと、それからプリンを食べさしてもうた」

「プリン？」

「うん。オムレツもチキンライスも、めちゃくちゃうまかった。プリンはケントも食いよったで。あんなうまいプリン、おれ、初めて食うた。あんな、マイケルは休みになったら、うちに行くわて、言わはったで」

どんどん輝きを増す女の顔を見るうち、拍車がかかった。おふくろの言う「嘘も方便」の意味を初めて実感した。

「マイケルは佐世保におるんよ」

「きりしまは鹿児島が始発や。ほんで熊本とか福岡とかを通って、東京まで行くねん」

はりきって説明した。

「ほんまに会うたん？」

「ほんま、ほんま。あんな、マイケル、忙しそうやったで。汽車の中でずっと、帳面見てはったもん。せやから、今は来られんねんで」

「あの人、ケントを抱っこして、なんて言うてた？」

「ケントは勉強して、立派な人間になるって言うてた」

「ほんま？」

「うん、ほんま、ほんま。おれもがんばったら立派な人間になれるて、言うてもろた」

「ケントのこと、忘れてなかったんやな、マイケルは」

「うん、忘れてなかったで。テイキッリージー言うて、手ぇ振ってくれはったで」

鼻息も荒く言い放つと、キャリーはおれの目の奥をじっと見つめた。

三井寺の境内から、蟬しぐれが響いていた。木立はそよともしなかったが、夏の陽差しをやさしく遮ってくれていた。折りしも八回目の終戦記念日が過ぎたばかりだった。

「おおきに、勇。あんたはほんまに、心根のやさしい子やな」

キャリーは震える声で、やっとおれをほめてくれた。

「もう忘れたいことしかないけど、あんたのことだけは、私、忘れへんわ」

思いがけない言葉に、とび上がりたいほど感激した。両親はほとんど労(ねぎら)ってくれなかったので、がんばった褒美をやっともらえた気がした。

「おれもキャリーさんのこと、忘れへんで」

「ほんま？」

「ほんまや。忘れへんで。絶対絶対、忘れへん」

夢中で何度も訴えた。

少年だったおれは、本気でそう心に誓っていた。

第7章

昭和四十一年（一九六六）十一月

汁椀をちゃぶ台に置いたおふくろが、小声で話しかけてきた。

「勇、今日誰に会うたと思う？」

長屋が取り壊されることに伴い、うちの家族は前の年、二キロほど離れた借家に越していた。高卒後、県内の発動機メーカーに就職したおれは、夜間大学も卒業し、「これから稼ぐぞ」と毎日二時間は残業していたので、家族に遅れて夕食を取るのが常だった。

「なんと、タヌキに会うたんや」

先んじて購入したカラーテレビにほくそえんでいたおれは、驚いておふくろに視線を移した。女たちと暮らさなくなってから、家族と正面から彼女らの話をするのは初めてだった。

「今日お使いで京都まで行ったんや。そしたら川端通りを、なんや見たことある女の人が歩いて来るねん。あっと思ったら、向こうもこっちをじっと見よったんや」

おふくろはそのころ、近所の靴屋にパートで働きに出ていた。

「知らん顔してたら、『こんにちは』て向こうから言いよった。あの子、ちょっと足らんかったやろ。今は九条烏丸におるんやて。相変わらずぴちぴちの服着て、濃い化粧しとったわ」

「あいつ、元気やったか？」

「年は食うてたけどな。去年宝くじの一等が当たったらしいで。七百万、まだ使いきってないけど、また今年も買う言うて、元気なもんやったわ」

おれはサバの味噌煮をつつきながら、「相変わらずやな」と相づちを打った。そして母親と女たちの話をすることの違和感を、トンカツを食ってごまかした。

「キャリーは結婚して、敦賀でスナックをやっとるらしいで」

続く言葉に、おれの箸は止まった。

「あいつ、結婚したん？」

「タヌキの言うことやし、当てにならんけどな」

自身についてはホラばかりだったが、タヌキは他人に関して、決して嘘はつかなかった。

口では疑いつつ、おふくろもそれを知っていたのだろう。「幸せやったら、ええけども」と、ぽつりと漏らした。

おれは無関心を装い、夕飯を続けた。けれど心の中には、安堵感が広がっていた。キャリーが過去を吹っ切り、落ち着いた生活を送っていると思うと、もやもやしていた心が晴れるようだった。キャリーと最後に会った日、なんとか励ましたものの、ずっと気にかかっていたのだ。

ケントももう中学生だ。アメリカ人夫婦に引き取られ、かの地で豊かな生活を送っているに違いない。最後は丸く収まったのだ。そう思いながら、おれは味噌汁をすすった。

「『白浪(しらなみ)』てスナックやて。今度できる原発の近所らしいわ」

おふくろはそこで話を終わらせ、台所に引っ込んだ。

おふくろもおふくろで、成人した息子と女たちの話をするのが、気まずくなったのだろう。かつては、あけすけに女たちと渡り合っていたおふくろも、年を取ったからか、時代が変わったからか。そんな分別が見られた。

その週の土曜の午後だった。半ドンで帰宅したおれは、ふとキャリーに会いに行ってみようと思いたった。

敦賀は昔滋賀県だったくらいだ。福井といえども、それほど遠くない。ドライブの目的地にはもってこいだ。会社の先輩からセコハンを譲り受けたばかりだったおれは、愚かにも車を転がす口実をそこに求めた。さすがに当時の恋人や友人を誘うようなことはしなかったけれど。

琵琶湖の西側を走る国道一六一号線を、白いパブリカで北上した。

そこかしこの紅葉を眺め、おれは軽快に車を走らせた。夕方にはその年に着工した敦賀原子力発電所にほど近い、海水浴場のある町に入った。福井県の電話帳で調べ、道路地図も携帯していたので、ほとんど迷わなかった。

十台分の駐車場を有する「スナック白浪」は、大箱らしい建物だった。飾り窓からレースのカーテン越しに、店内の灯りが見えた。

夕方五時だった。海沿いの夕風は強く、セーターにジーパン姿だったおれは、暗い駐車場を早足で歩いた。

店のドアを開けることに、ためらいがなかったわけじゃない。だがキャリーが最後におれにくれたセリフが、心に焼きついていた。

青年となった自分を見てもらい、ほめてほしくもあった。おれはキャリーとの間に絆があると信じていた。

控えめにドアを開けた。

広々とした店内の左側にカウンターがあり、ひとり作業をしている女を、白熱灯が照らしていた。

「あら、いらっしゃいませ」

少ししゃがれてはいたが、まごうことなきキャリーの声だった。

「まだ、ですか？」

「いいえ、どうぞ、どうぞ。大丈夫ですよ。どうぞ」

キャリーは愛想よくスツールを目で指し、手を洗った。そして、カウンターの上に散乱していた果物やジュースのびんなどを片づけた。

カウンター席の中央から少し入口側に陣取り、おれはビールを注文した。

キャリーは昔と違ってショートヘアだったが、面影は変わらず、落ち着いたスナックのママになっていた。

急に寒くなったなど、当たり障りのない世間話が終わると、キャリーはたずねてきた。

「うちは初めて来てくれたでしょ。この辺に住んではるの？　それとも工事の人？」

ビールの小瓶をグラスの半分ほど飲んだおれは、それには答えずに切り出した。

「おれのこと、憶えてはりませんか？」

「?」

「おれ、服部勇です」

「……」

「大津におられたでしょう?」

キャリーの顔色がさっと変わった。

彼女は瞬(まばた)きを何度か繰り返して黙り込み、ぎこちなく煙草を取り出して唇にくわえた。

失敗した。キャリーは明らかに動揺していた。

はなかった。タヌキがおふくろと会話したことが、特異なことだったのだ。

「まさか、勇さんとは……」

さんづけで呼ばれ、自らを心の中で叱咤(しった)した。キャリーは煙草をふかしながら、しばらく言葉を探していたようだった。

「……お母さん、お元気?」

社交辞令のようにたずねられた。

「おかげさんで。今は靴屋へパートに行ってます」

「そう。靴が片方だけ擦り減るて、困ってはったもんね。……靴屋やったら、なんか融通してくれはるん違う？」

「それはわからんけど、外で働くのは初めてやから、毎日自転車に乗って、ウキウキして出かけてます」

「勇さんは、なにしてんの？」

「おれはN社の製品管理部門にいます。夜間ですけど、働きながら大学にも行きました」

「N社。すごいやんか。勇さん、本ばっかり読んでたし、勉強もできたんやねえ」

滋賀から日本を代表するようになった有名企業の名に感心し、キャリーは煙草の煙をゆっくりと吐いた。

「なんでここが？」

「おふくろがタヌキに偶然会いよって……」

おれが言い終わらないうちに、キャリーは首を何度か振った。「あのおしゃべりめ」。心のつぶやきが、聞こえてくるようだった。

「結婚されたんですね」

完全には拒（こば）まれていない。会話するうち、おれは希望を持ってしまった。

「六年前にね。十三歳も年上の人よ」

「そうですか」

「店を二軒持っててね。こっちを任されてるの」

「繁盛してるて、聞きました」

「それほどでもないけど、食うのに困らんくらいにはなってるね」

うつむいたキャリーは、一瞬穏やかな表情をおれに見せた。

「幸せそうでよかったです」

なんと生意気なことを言ったものだろう。だが当時のおれは、それくらい自分に自信を持っていた。

アメリカ人将校に励まされ、子供ながらも、たったひとりで乳飲み子を遠くまで送り届けた経験は、思いのほかおれに勇気をもたらした。卑屈さを克服したのみならず、バネにすることができたのだ。

貧乏人の小せがれ。どうせ将来しれとる。そうやさぐれそうになるたび、あの冒険めいた旅を思い出し、自分を奮い立たせた。おかげでツキもまわってきたし、折々で味方も現れた。

中学の三年間は、給料のいい英字新聞配達のバイトをまわしてもらえた。本音を隠した正一と担任教師が高校に進学できるよう両親を説得してくれた。高校時代は背丈がぐんと伸び、バスケットボール部で活躍、勉学の成績も上々だった。就職試験の面接官がたまたまバスケ部出身だったおかげで、入社後はその人の部下となり、公私にわたって様々なことを経験させてもらっていた。ワンゲル仲間や友人にも恵まれ、正直女の子にも不自由していなかった。

「そう、あたしは幸せやで。ずっと辛抱してきたんやもん。幸せになって当然や」

カチンときたのか、もはや取り繕う必要はないと開き直ったか。彼女は堰を切ったように話し始めた。

「あの子を迎えに行ったのに、返してもらわれへんかってんよ」

「あの子……アメリカまで行ったんですか？」

おれは驚いて、目を丸くした。

「違う、神奈川や。あの子が四つのとき。孤児院に行ってってんよ」

「え？　ケントはアメリカに連れて行かれたんと違うんですか？」

「アメリカ？　なに言うてんの。アメリカの夫婦に引き取られるのは、運のいい子だけ。あの子はずっと日本におる」

「嘘や。おふくろはアメリカに連れて行ってもらえるて、言うてましたよ」

「それは奥さんの勘違い。あの子は今も孤児院で生活してる」

キャリーは意外な事実を告げ、二本目の煙草に火を点けた。

ときおり、向かいの店に出入りする車のヘッドライトが、飾り窓から射し込んだ。日本海沿いの町に吹く風は、夜になって強さを増していた。

「なんで返してもらえへんのですか？　実の母親やのに」

思わずたずねた。それが残酷な質問だとも知らずに。

「……まだ悪い仕事してるって、断られたの！」

強い口調にドキリとした。あの夜、ケントを二階へ迎えに行ったとき見たやまんばの目と、キャリーは同じ目になっていた。

「今やったら引き取れるやろ。けど、うちの人は昔のあたしを知らんから……。あんな顔した子を引き取りたい言うたら、どう思われるか……」

冷静さを取り戻したキャリーはそう言い、手元の灰皿で煙草をもみ消した。

「……勇さん、結婚は？」

「まだです」

「うちの人、ぶっきらぼうやけど、ほんまにやさしいの。あたしをほんまに大事にしてくれるの」

突然キャリーは背後の冷蔵庫を開け、なにやらこしらえ始めた。手早い支度で供されたのは、小鉢のつきだしだった。

「男らが勝手に始めた戦争に、あたしは負けとうなかった。生きのびる方法だけを考えた。知ってる？　あたしらみたいな女がいたから、日本は立ち直れたんよ。みんなが無事に過ごせたんも、あたしらがいたからよ。アメリカが機嫌良う、日本から帰ったんも、全部あたしらのおかげよ。わかってる？　そやからあたしは幸せになる権利があると思うの。こうしてても、ええと思うの」

キャリーが話している間、おれはつきだしを見つめていた。

冷たいつゆがかけられたひと口サイズの田舎そばには、越前ガニのむき身と小口切りのきゅうり、新鮮そうなわかめに大根おろしが添えられていた。場末のスナックに似つかわしくない洒落(しゃれ)た陶器の内は純日本風で、単純粗野なステーキを皿に載せていた人と同じ人物が作ったとは思えないほど、繊細な盛りつけが施されていた。

折しも高度経済成長期、おれの給料は倍増していた。中卒で働いていた丈夫も進も食費を家に入れ、わが家は人並みの生活を手に入れつつあった。

あのころを、パンパンや進駐軍を、そしてケントのことを、本当に忘れかけていた。そんな矢先のキャリーの言葉は巨大なハンマーとなり、おれの頭を殴りつけた。

「これ飲んだら、帰ってくれる？」

微動だにしないおれに、キャリーは哀願するように言った。

「うちの人、そろそろここに来るの。店の最初と最後に、必ず顔出すの。あの人、変に勘がええのよ。あんたを見たら、ピンとくるかもしれん。あたし、あの人にこれ以上、嘘はつきとうないのよ」

おれはスツールから立ち上がった。勢いのあまり膝がカウンターの壁に当たり、若狭塗（わかさぬり）の黒い箸が、箸置きから転がった。

「ほんまは、ほんまはあたし、幸せじゃないよ。だってあたしは、あの子と一緒におれへんねんもん。あの子のこと、いっときたりとも忘れたことはないのに。今も抱きしめてやりたいのに。こんな生活を守りたいばっかりに……。あたしは最低の母親や」

かける言葉などなく、ジーパンのポケットから財布を取り出し、一万円札をカウンターに置いた。キャリーがそれを手で押しとどめたとき、店のドアが勢いよく開いた。

「おう、ママ、来たで。……どうしたん？　なんや深刻そうやな」

その男性客はおれたちを見て、軽く眉根を寄せた。年格好から、キャリーの亭主でないことは、すぐにわかった。

「なんでもないの。ちょっと、知り合いの息子さんがね……」

キャリーは目尻の涙を指先で拭った。

「ふん。ちょっと金貸して、てか？」

おれが反射的に札を手で隠したことを、男は誤解した。

「君、いくらママが儲けとるいうても、ほどほどにしたげてや。ママは病気の弟に仕送りをしとるんやさかいな」

「嫌やわ、板山さん。この人はええ会社で、ええお給料もうてはるのよ」

キャリーは大げさに手を振り、声をたてずに笑った。

「近くまで来たって、わざわざ訪ねてくれたんよ。ほんまに見違えたわ。やせっぽちの洟たれ小僧やったくせに。英語もろくにしゃべれんのに、幼稚な嘘ついて、喜んでたくせに……」

「そういやママは昔、英語塾をやっとったんやな。君は元生徒か？　そしたら涙の再会になるのも無理ないか。君、ママがプリンに目がないの、知っとるか？　おいしいて評判の店で買って来たんだよ。ヘイ、そこのハンサムボーイ。ひとつ、食べて行かないかい？」

男はまだ酔ってもいないのに軽口をたたき、おそらくいつもの席であろうカウンターの端に着くと、手にしていた西洋菓子店の紙箱を高く掲げた。

平成二十七年十一月

「そのあと調べてみたら、確かにアメリカ人夫婦の養子になった子もいたけど、大半はそのまま施設で大きくなったらしい。今よりもっと差別が激しかったから、道を歩いてたら、『パンパンの子』とか『あいの子』とか、ひどい言葉を投げつけられたそうや。大きくなって普通の小学校に通おうとしたら、自分の子と同じ教室で勉強させるな言うて、入学を反対した保護者も多かったんやて。だからその施設の設立者は、別に小中学校を創ってはった。おれはびっくりしたよ。そういう子の扱いは、進駐軍がうまくやってくれたと思ってたからね。実際はそうじゃなかった。アメリカで生活するにも、最初は法律の壁が山のように立ちはだかって、アメリカ側があきらめさせようとしたようや。婚姻関係のないアメリカ兵と日本人との間に生まれた子供の存在は、あちらさんには都合が悪かったんや」

北原はまっすぐに前を向いている。

「おれはケントを幸せにしたと思い込んでた。目的を果たせたことで自信がついて、あきらめんとがんばってた。でもケントは幸せでもなんでもなくて、むしろ苦労の連続やったんや」

ハイビーム・ヘッドライトが、片側二車線道路を遥か先まで照らしている。けれど先を走る自動車の姿は微塵も見えない。

「おれはプリンが好きやった。美幸が家を出るころまで、ようおふくろはプリンを作ってくれよった。プリンはおれの心と身体の成長を支えてくれた味やった。でもキャリーと再会して真実を知ってから、おれはプリンを食べることに罪悪感を持つようになった。『自分の人生がうまくいってるのは、ケントの犠牲の上に成り立ってる』。プリンはその象徴のように感じたんやな。あの孤児院の壁に掲げられてた十字架が、おれの背中にのしかかってくるように思えた。それでおれは、一生カスタードプリンを食べないと決めたんや」

交通量はさらに少なくなった。ファミレスを出て、二時間近く経っている。もう近江八幡市も抜けそうだ。

車内の暖房の設定温度を二度上げた。四本のタイヤの回転音だけが、しばらく車中に低く響いた。

「ケント君は、今どうしてんの？」

北原がやっと口を利いた。

「横須賀市に住んどる。実はこの間、会いたい言うて、手紙が来たんや」

「文通してたん？」

「まさか。手紙は初めて受け取った。会ったことはない。でもな、実は敦賀に行ったあと、一回だけ孤児院に行ったことがあった。門の中にはよう入らんかったけど、十四年前に見た風景がそのまま残ってた。うろうろしてたら、中学生くらいの男の子が四人、ワイワイ話しながら中に入って行きよった。ひとりはアフリカ系で肌が黒くて、ふたりは西洋の血が混じってるような顔立ちやった。ケントかどうかはわからんかった。……おれはいたたまれなくなってねえ。そのまま逃げ帰った」

街灯の乏しい田舎国道をひた走る。対向車はほとんどない。歩道には人っ子ひとり、歩いていない。

「それからはいっそう、仕事にも遊びにも打ち込んだ。そうせんと、貧しく恥ずかしい過去に支配されるような気がしたから」

「ケント君は、なんで服部さんの住所を知ってはったん？」

北原は意外にも鋭い質問をしてきた。

「巾着袋の住所と名前を見て、誰かに調べさせたみたいや。おれは長屋から二回移ってるけど、ずっと大津にいたから、意外と探しやすかったと思うわ」

「巾着袋って、ガムを入れられた？」

「せや。おれはあの巾着袋を、ケントにやって帰って来たんや」

あまりに泣き叫ぶ赤ん坊に罪悪感を抱いたおれは、立ち去るのが怖くなった。すると気持ちを察した孤児院の職員が、「この子のために祈ってやって」とささやいてきた。だが急に祈れと言われても、無宗教の小学生にはどうしていいやらわからない。そこでおれはお守りをやろうと思いつき、巾着袋ごとケントの首にかけてやった。おふくろの言いつけに背き、帰り道を守ってくれるだろうお守りを、よく手離したものだと思う。それだけケントのことが心配だったのだろう。

「施設の玄関から出るとき、『テイキッリージー』って声が聞こえたよ。振り返ったら、おれよりちょっと下くらいの男の子が、手ぇ振ってくれとった。黒い肌のぽっちゃりした、かわいいヤツでな。そのとき思た。そうや、ここはキリスト教を信じてはるんやから、三井寺のお守りみたい渡してもあかんかったわ、て」

でも取り返しに行くことはできなかった。おれは施設の人と並んで、とぼとぼとトンネルを歩き、大磯駅に向かったのだった。

「キャリーさんはどうなったんかなあ」

「キャリーは病気で亡くなったよ。六十四歳やった。かわいそうに、早死にや。もし生きてたら……八十後半くらいかな」

「なんで知ってんの？」

「そのあとも、ときどき見に行っとったから」

二度とキャリーに会うまいと決めたおれだったが、福井方面に海水浴に出かけたり、出張が入ったりした折、敦賀まで足を延ばし、三回ほど行ってしまった。もしかしたら風向きが変わり、ケントが実母と暮らしているのではと、期待していたところもあった。

飾り窓のレースのカーテン越しに見える夕子ママこと元キャリーは、いつまでも若々しく美しかった。その姿はとりあえず不自由なく生活していることを、おれに知らせた。

最後に店をたずねたのは、平成三年（一九九一）十二月だった。出張帰りに立ち寄ると、スナックに『貸店舗』の張り紙があった。驚き、店内を外からうかがっていると、年配の男に話しかけられた。近所に暮らす店の元常連客で、夕子ママはその夏に亡くなったと、おしえてくれた。

「肝臓ガンやったらしい。調子が悪くて病院に行ったときは手遅れで、あっという間やと言うとった。旦那は女房の急死にガックリきて、打ち上げ花火みたいに豪快やった男が、線香花火が落ちるみたいに死んだて、なんやえらい、はしゃいどったなあ」

今どのへんを走っているのだろう。車はあまり長くない橋を渡っている。カーナビに先ほど五箇荘の文字が見えたから、下に流れるのは愛知川だろうか。

「家の場所もおしえてもうて、行ってみた。ちょうど家の中を業者が片づけとる最中で、家は取り壊すという話やった。たんすやらテーブルが運び出されてる中に、ガラクタの入った段ボールが何個も置いたった。親戚のふりして庭に入ってのぞいてみたら、あのでんでん太鼓とおぶい紐を見つけたんや。びっくりしたよ。偶然にしてもよう見つけたなと思て。とっさにつかんで、上着の中に隠して一目散や」

「すごい！　ずっと残してはったんや！」

北原は急に大声を発した。

「せや。キャリーはずーっと、あのふたつを大事に持っとったんや」

帰宅後、おれはそのふたつを押し入れの奥にしまい込んだ。幸い女房にも娘にも見つかることはなく、今も静かに自宅の片隅で眠っている。

「おしっこのしみ、ついてた？」

「ああ。かなり薄くはなってたけどな」

「におう？」

「まさか。防虫剤のにおいしかせんかった。もし樟脳と一緒じゃなかったとしても、さすがに春の麦畑ではなかったやろ」

「でんでん太鼓は？」

「左右の紐が擦り切れて、ただの小さい太鼓になってたけど、作りがしっかりしてたんやろな。膜も破れてなくて、指ではじいたらちゃんと音は鳴ったで」

「すっごーい。感動ー」

北原は手を叩いて喜び、何度もうなずいた。今までの薄い反応から一転、女性だからか、母性本能を感じさせる逸話に、グッときたのだろうか。

「いやー、最後で感動したわー」

「最後だけかいな。うちの貧乏生活とか、汽車の大冒険の旅は？」

「あー。……子供やのに大変やったなあ、って感じ？」

北原は大きく伸びをするように言った。

「おいおい、あんた。盗難とか、こういう経験をした子供の気持ちをわからんことには、漫画なんか描けへんで」

「あ、そうか」

「頼むで、北原先生。ほんまに」

軽い反応に、軽口で応戦する。正直拍子抜けしたけれど、かえってよかったのかもしれない。時代は変わった。恥だ、苦労だと、おれが身構え過ぎていたのだ。

「そういえばさあ。今思い出したけど、服部さん、あ、お兄さんは、ケントって名前の弟がいるて、言うてはったわ」

「なんやて？」

北原の言葉に、おれは耳を疑った。直後赤信号が目に入り、慌ててブレーキペダルを深く踏む。

「おれは七人きょうだいやて言わはってん。あたし、いつも来てる弟さんは何番目ですかて聞いてん」

渡る人のない横断歩道の手前で、車は急停車した。

「順番に名前を言わはってんけど、末っ子だけ名前が変わってたし、憶えてんねん。たけおとか、しずことか、みんな昭和な名前やのに、けんとって珍しいなて思っててん。けんとは日本語じゃなくて、英語やったんや」

北原は合点がいったとばかりに言った。

「兄貴はケントを憶えとったんか？」

「一番下の弟やて言わはったで。ゆりかごから落ちそうになって泣いたから、自分がでんでん太鼓で泣き止ませたって。そしたらすぐに泣き止んで、ニコニコ笑い出したって。みんなでかわいがってたのに、急におらんようになって、残念やったって」

胸がつまった。

この間、正一が気にしていたきょうだいとは、ケントのことだったのか。

「そうか……。兄貴はケントを、弟やて言いよったか……」

信号が青に変わる。サイドブレーキを解除し、おれはゆっくりとアクセルを踏み込んだ。

「ケントはびっくりするくらいかわいかったて、言うてはったで」

図々しい。顔を見るなり、ゆりかごを蹴とばして、赤ん坊を泣かした張本人のくせに。

「服部さん、やっぱりまだらボケ、じゃなかった、まだら認知症やから、勘違いしはったんですね」

北原は笑い、おれも笑った。

自然と目尻に涙がにじむ。時間が解決するとは、こういうことを言うのかもしれない。

正一はおふくろのことも、兄を差し置いて高校進学したおれのことも、もう許している気がした。

大きなコンビニの駐車場に車を入れた。店内のATMで二十万円をおろす。さらに大津方面へと車を走らせ、膳所のファミレスに戻れたのは、日付が変わるころだった。

北原の車の二台横に車を停め、おれは助手席の彼女に金を手渡した。

「いいです。もう」

しかし北原は、断りの意を示した。

「北原さんの役に立つんやったら、喜んで協力する。この金、お母さんに渡して、男と縁切ってもらいなさい。また生き方を変えてもらいなさい」

自称祖父代わりだ。おれは北原の手に札束の入った封筒を無理やり握らせた。

「実は、あれ、嘘やねん」

封筒を持て余すかのように持ち、北原は気まずそうにおれに告げた。

「あたし、ほんまは元カレにお金を貸すつもりで、服部さんに借金申し込んでん」

「え？　なに？　元カレ？」

「そう。この間のSUVの人。あたし、あの人にそのお金、渡そうと思っててん」

キツネにつままれたような気分でいるおれの膝に、北原は封筒を戻してきた。

「あの日あたし、久しぶりにあの人に会うてん。大事な話があるって、わざわざ湖国の郷まで迎えに来たから。なにかと思ったら、二十万貸してくれって話やった。車で事故ったけど、入ってる保険がショボくて、なかなか払ってくれんから、自腹で相手の修理代の立て替えをせなあかんて。あたしとやり直したいとも言われた。急な話やったし、あたし、そんなつもりなかったから逃げてん。金貸さへんて言うたら、車から追い出された。そこへ服部さんが通りかかったんよ。実はあたし、山道歩きながら、あの人怒らせたことを後悔してたてん。だから服部さんに送ってもらったあと、電話して謝った。あたし、あの人とやり直すために、借金お願いしたんです」

愕然（がくぜん）とした。金を引っぱるために、じじいのうっとうしい説教に耳を傾け、わざわざプリンまで作って来たのか。

「ええわ。そしたらこれ、あんたが使たらええ。その男とヨリ戻したらええやないか」

おれは半ばヤケクソで、封筒を投げるように北原の膝に置き返した。

「すんません。もういいです」

北原はサイドブレーキの下に、封筒をすべり込ませた。

「あたし、ひとりでいるの、寂しかってん」

「………」

「あたし、アホやねん。さんざん振り回されて、ひどい目に遭うたのに、せっかくあの人が頼ってきたんやし、喜ばなあかん、助けてあげなあかんて、思てしもてん」

北原はひと言ひと言言葉を選ぶように、しかしはっきりと言った。

自分のアホさ加減に、思わず笑いが込み上げた。ハンドルに両手を当て、うつむいて笑っているうち、ようやく自分の姿に気がついた。おれは人に説教できるような立派な人間でも、なんでもない。

「いやー、おれもたいがいアホやわ。……あー、アホや、ほんまに。……あんなあ、おれ、親に感謝せい言うといて、自分こそ親に感謝したことなかったわ。親父にもおふくろにも」

あの時代。

政情不安の最中に五人の子を産み、なんとか衣食住を確保しようと、手段を選ばずおれたちを育ててくれたおふくろ。気弱で肉体労働などできるタイプではなかったのに、荒くれたちに交じって汗水たらして働いていた、ひょろひょろの親父。

あの両親の元に生まれたからこそ、おれは人一倍努力することを覚え、ほしいものを手に入れられたのだ。おれの人生はあの情けない親父と、ずる賢く下世話なおふくろだったからこそ、充実したものになったのだ。

残念ながら、もう本人たちには伝えられないけれど、おれは今こそ、ありがとうと言いたい。天国にいるのか地獄にいるのか、相変わらず夫婦げんかをしながら一緒にいるのか知らないけれど、亡き親父とおふくろに、「この世に送り出し、育ててくれてありがとう」と、今こそ感謝の気持ちを伝えたい。

けれどそんな思いは、言葉にはしない。それこそ男泣きしてしまいそうだ。

にじんだ涙を瞬きでごまかしていると、助手席の北原と目が合った。

ふたり同時に鼻から息を吐いた。そして、ふふっと同時に笑った。

「服部さん、ケント君に会うの？」

北原は思い出したように、たずねてきた。

「おう、会うよ。でんでん太鼓とおぶい紐を渡さんとあかんからな」

おれは人生のけじめを、自分でつけなければならない。人生でやり残したことはないはずだったけれど、まだひとつ残っていたようだ。キャリーが「ケントをよろしゅう頼むな」と言ったのは、今このときのためだったのだ。

あいつの両親について、ケントに話してやらねばならない。短い間だったけれど、どんなにマイケルとキャリーが愛し合っていたかを。あいつがこの世に生まれてくるのを、ふたりがどんなに楽しみにしていたかを。

「あたしもちょっと、お母さんに感謝してみようかな」

「せやで。たまには料理を作ったりや。料理はええぞ。おれは女房が死んだあと、気をまぎらせるために毎日料理してるうちに、立ち直れた」

また説教が始まりそうだと思ったか、北原はそれにには反応せず、いきなり車のドアを勢いよく開けた。

「ほな、服部さん、おやすみなさい」

「おう、おやすみ。気ぃつけて帰りや」

自分の車に向かって歩いて行く北原を見送りながら、おれはふたつの決心をした。

明日丈夫に電話をかけ、工務店についてたずねてみよう。せっかくきょうだいなんだから、こちらから声をかけてやろうじゃないか。もしおれにできることがあるならば、少しでも力になってやりたい。

そして、もうひとつ。

ケントに会い、おぶい紐とでんでん太鼓を渡したら、カスタードプリンを食べてみよう。四十九年もの間、いっさい口にすることのなかった、あの甘味を久しぶりに味わうのだ。ひと口食べれば、あまりのうまさに動けなくなるだろうか。それとも、なにをこだわっていたんだと、別段うまいとも感じないだろうか。

いやいや、感動の味覚への再会になると思いたい。存分に思い出に浸りたいではないか。まずはプリンをどこで調達するか。自分で作る気はしないから、買って来るしかない。高級店のものでなく、意外とその辺のスーパーにあるもので、満足するのかもしれない。

とても楽しみだ。長年願かけをしていた人間が、断っていた酒をようよう飲む前の気分だった。

拝啓　服部さんにお電話をいただいてから、一週間が経とうとしています。私が大津へ行くつもりでしたので、私の洋菓子店を見たいと言ってもらったときは感激しました。気にするなと言われましたが、やはり申し訳ないので、新幹線の切符をお送りします。どうぞグリーン車でゆったりとお越しください。

電話では少ししか触れなかったのですが、服部さんの周辺を調べまわったこと、本当に申し訳ありませんでした。笑って許してくださいましたが、きっと気分を害されたでしょう。その人は昔の学校名簿やN社の社員名簿で調べたようです。ご近所や会社の方々に知られるようなことは決してありませんので、どうかご安心ください。

お守り袋は中学卒業時にEホームを出る際、職員が私に渡してくれました。その職員も服部さんに会ったわけでなく、私との関係もわからないと言っていました。

当時、私はすぐにその住所を訪ねました。けれどその場所には別の人が住んでおり、服部さんのことはご存じありませんでした。ご近所に聞いて回りましたが、全員から服部さん一家を知らないと言われました。その中の一人に「詮索するな」と怒られたとき、私が訪ねるのは迷惑がかかるのだとわかりました。自分が待ち望まれて生まれた子供でないことは知っていましたので、あとは三井寺をお参りし、お守りを買って帰りました。（私はクリスチャンではありません。）

電話でもお話ししましたが、Eホームの設立者は厳しさの中にやさしさがあり、子供たち全員のママとして、慈悲深く大きな心で私を育ててくれました。差別されただろう、苦労しただろうと、服部さんはしきりに気にされていましたが、それ以上に、いい大人や仲間に恵まれたので、ちっともつらくはありませんでした。

そういえば、なぜ私がパティシエになったか、結局言いそびれましたね。理由は単純で、Eホームのママに勧められたからです。私に料理の才、特にスイーツに興味があると知るや、ママはすぐに洋菓子店の職を見つけて来てくれました。住み込みのパティシエ修業は大変でしたが、とても充実していました。師匠夫妻にも本当によくしてもらいました。

結婚したのは二十三歳のときです。すぐにポンポンと順調に生まれた四人の子育てと仕事で大忙しでしたので、正直実の親のことを考える暇はありませんでした。

三十歳で独立して構えた店はおかげさまで繁盛し、弟子を何人もとり、そしてまたその弟子たちが独立していくという、育てる喜びを何度も味わいました。
私には孫が三人いるとお伝えしましたが、この間新たに四人目ができそうだとわかりました。孫たちが来ると自分のエネルギーをすべて吸い取られてしまいますが、何人いてもいいものだと、妻とも話しています。

こうしてにぎやかで幸せな人生を送らせてもらっている私ですが、ほんの数か月でも服部さん一家と同じ屋根の下で家族同然に暮らしていたと聞いたとき、不覚にも涙が出そうになりました。やはり私は、本音ではきょうだいを欲していたようです。服部さんにおんぶされたり、おむつも換えてもらったと言われたときに声が出せなかったのは、実は男泣きしそうだったからです。照れて話題を変えたかったからではありません。気をつかわせてしまい、申し訳ありませんでした。

今、私は家族に迎えに来てもらうような気持ちでおります。やはり私は自分を捨てた憎(にく)い母でも、本当は迎えに来てくれるのを待っていたのでしょう。このあたりの気持ちは複雑で、なかなかわかっていただけないと思います。

残念なことに、母は他界したとのことでしたが、勝手ながら、私には兄がいたのだと自分に言い聞かせ、今日も仕事に励んでいます。妻も子も孫もいる私ですが、服部さんの存在は、私に新たな希望と勇気をあたえてくれました。

今私は地域サークルに属し、和太鼓を叩いています。先日はうれしさのあまり、ひとりで二時間も叩き続け、腱鞘炎（けんしょうえん）になりかけました。幼いころから魂（たましい）に響いてくるような和太鼓の音色が好きだったのですが、最近はいっそう強く感じるようになりました。「私に渡したいもの」がどのようなものなのか、拝見するのが楽しみです。そして私の生まれた滋賀県や大津という町の魅力や、赤ん坊だった私がどのように服部さんを励まし、人生にどんな影響をあたえたのかをうかがうのも。（リップサービスだろうとは思っておりますが。）

とりとめもなく、長くなってしまいました。もうこのあたりで筆をおきます。続きはお会いしたときに。

それでは兄さん（紙上だけでもこう呼ばせてください）。どうぞ気をつけてお越しください。心よりお待ちしています。

敬具

十一月二十九日

ケントこと山中健

服部勇様

追伸　たいしたおもてなしはできませんが、スイーツだけは豊富にあります。中でもカスタードプリンはテレビや有名雑誌にも取り上げられ、県外からも買いに来られるくらい評判がよいものです。服部さんが甘党であることを祈ります。

解説

吉田伸子(よしだのぶこ)
(書評家)

幕開けは、一通の手紙からだ。

手紙の書き手は、神奈川県横須賀市で自営業を営んでいる、という山中健。滋賀県の大津市生まれで、出生時はKentと名付けられていた日米のハーフ。神奈川県の大磯にある児童養護施設で育った、という。

自らの両親の唯一の手がかりとなるものは、手紙の受け取り人である服部勇の住所と名前が書かれたお守り袋で、昭和四十三年にその住所を訪ねたものの、勇は既にそこにはいなかったこと。若いころは自分なりに母親を探したこともあったものの、見つけることは叶わず、そのまま忙しく日々が過ぎて行ってしまっていたが、この春に思いきって勇の住所を人に調べさせて、この手紙を書いたこと。勇が自分の母親のことを知っているのなら、どんなことでも構わないので、教えて欲しい。もし母親が生きているのであれば、一目でいいから会いたい、と。

この手紙を受け取った勇が、本書の主人公だ。ここから、平成二十七年、七十四歳の勇と、昭和二十六年、十歳の勇のドラマが語られていく。

一部上場企業の部長職を勤め上げた勇は、夫して、父親としても、立派にその役を果たした。娘が結婚し、妻には先立たれた今、「あとは何事もなく、余生を過ごせれば――」というのが勇の願いだ。その勇が、三日にあげず会いに出かけるのは、特別養護老人ホームに入所している、七歳年上の兄・正一だ。認知症を呈し、自宅で途方に暮れていた兄を見つけたのは勇だった。正一の息子二人は、独居の父親が認知症を発症していたことに気づかなかったらしい。

その日、勇は食欲のない兄のために作った牛スジの煮込みを持参していた。煮込みのにおいに、反射的に口を開けて食べ始めた正一の姿に安堵する勇。正一が食べている姿を見て驚く施設職員の鮒江に、「どや、君も食べてみんか?」と声をかける勇。そこにやってきたベテランヘルパー・小野にも同様に声をかけるも、二人からは固辞される。そこへ、通りがかった一人のヘルパーが、タッパーに、ひょいと手を伸ばし、スジ肉を口に放り込む。それが、先週入ったばかりという新米ヘルパーの北原だった。

この時、美味しそうにスジ肉を頬張った北原が勇の印象に残る。以後、勇は兄のために料理を持参する際、北原の分まで持っていくようになる。鮒江が小野にささやいた「北原の家、いろいろ複雑らしいですよ」という言葉が耳に入ってしまったこともあり、何とはなしに、北原のことを気にかける勇に、北原は、自分の家の事情を少しずつ明かしていく。

離婚後、シングルマザーとして自分と妹を育てていた母親が、ある時から会社を辞め、昼はバイト、夜は焼き鳥屋で働くようになったことを、北原はよく思っていないようだった。幼い頃の北原の寂しさを想像しつつも、勇は、女手一つで娘二人を育てている北原の母親の大変さの方に思いがいってしまう。

そこには、十歳の頃の勇のドラマが絡んでくる。昭和二十六年、勇が暮らしていたのは滋賀県の大津市。長屋の前、細い川を挟んだ向かいには、進駐軍のキャンプ大津Aがあった。キャンプの西隣には三井寺があり、寺院の周囲は「三井寺下租界地」と呼ばれていた。辺り一帯には、軍兵士が出入りするバーやレストランが繁盛していたからだ。同時に、軍兵士たちをターゲットにした「闇の女」たちも、辺りにはあふれていた。

三井寺下に住んでいた庶民の多くは「自宅の一部をパンパンに提供」しており、勇の母親もまた、借家だった自宅の二階を「六畳一間四千五百円」でパンパンに又貸ししていた。勇の父親は、いわゆるニコヨン（日給が二百四十円）の日雇い労働者。長兄の正一は家を出ていたものの、自宅には中学生の姉・静子、勇、八歳の丈夫、五歳の進、三歳の美幸、と育ち盛りの子どもと両親、あわせて七人家族が文字通り身を寄せ合って暮らしていた。当時の大卒国家公務員の初任給が六千五百円だった時代である。部屋の又貸しは、勇一家にとって、大切な収入源でもあった。

勇の家の二階にいたのは、「キャリー」という名のオンリーさんだ。オンリーさんというのは、特定の一人を相手にするパンパンのこと（不特定多数を相手にするパンパンは、バタフライ）。キャリーの「ダーリン」はマイケルという「サージャン（sergeant・軍曹）」だった。やがて、マイケルの子を妊娠したキャリーが産んだ子どもが、冒頭の手紙の主・Kentだ。

と、ここまで書いてきて、ふと思う。私が生まれたのは昭和三十年代後半で、だから「パンパン」という言葉も知っているし、本書で描かれている幼かったころの勇の暮らしも、知識としてある。けれど、平成生まれの読者に、果たして「パンパン」や、長屋暮らし、という言葉が伝わるだろうか。貧困は貧困でも〝昭和の貧困〟が伝わるだろうか、と。何より、自分の家の二階に、軍の兵士を相手に春を売る女性が、ごく普通の日常としてそこにいる、という、特殊な状況を想像できるだろうか、と。

そこで、はっ、となる。できる、できないではないのだ、と。それは確かに〝あった〟

ことなのだ、と。占領下にあった日本で、実際にあったことなのだ、と。そのことを、私たちは知らなければならないし、なかったことにしてはいけないのだ。

本書が単行本で刊行された時、渡辺さんは「父が告白した『戦争』」という文章を寄せている（https://www.bookbang.jp/review/article/536946）。そこには、本書の勇のモデルとなったのは、渡辺さんのお父さまだということが書かれている。

「もし私があの時代にいたら、生きのびるために春をひさいだかもしれない。子供を育てるためなら、手段も選ばない、いや、選べないかもしれない。そんな想像すら真剣にせず、勝手な偏見（へんけん）を抱いていた私だが、この小説を書いた今、ほんの少しだけれど、『戦争』を理解できた気がしている」

物語の終盤、ひょんなことからキャリーのその後の消息を知った勇が、昭和四十一年にキャリーを訪ねる場面がある。六年前に十三歳年上の男性と結婚し、今は男性が持っている店の一軒であるスナックを任されている、というキャリーが勇に言う。

「男らが勝手に始めた戦争に、あたしは負けとうなかった。生きのびる方法だけを考えた。知ってる？　あたしらみたいな女がいたから、日本は立ち直れたんよ。みんなが無事に過ごせたんも、あたしらがいたからよ。（中略）そやからあたしは幸せになる権利があると思うの。こうしてても、ええと思うの」

キャリーの言う「こうしてても」というのは、自分の過去を隠して、ということだろう。けれど、キャリーは最後に本音を吐露する。「ほんまは、ほんまはあたし、幸せじゃないよ。だってあたしは、あの子と一緒におれへんねんもん。あの子のこと、いっときたりとも忘れたことはないのに。今も抱きしめてやりたいのに。こんな生活を守りたいばっかりに……。あたしは最低の母親や」

このキャリーのエピソードが、平成の時代、シングルマザーとして、自分と妹を育てるために、夜の仕事を始めた母親へ抱いていた北原の葛藤をほんの少し和らげる、というのがいい。同時に、自らの過去を北原に話すことで、勇がKentに会うことを決意する、という流れも巧い。何故、勇がKentに会うのを躊躇っていたのか、勇が心に抱えていた重しはなんだったのか、は実際に本書をお読みください。

それにしても、と思う。はんぱではなく貧しかった昭和のあの時代、それでもみんな逞しく生きたのだ、と。キャリーのような女たちはもちろん、部屋の又貸しを大家に咎められた勇の母親の開き直りと、咄嗟の機転（！）とか。貧しさにめげることなく、したたかに、しなやかに、あの時代を乗り越えてきたのだ。何より、心まで貧しさに落ちることはなかったのだな、と。

翻って、平成よりさらに時代が進んだ令和の今。新型コロナという未知のウイルスの、世界的なパンデミックという状況も加味され、貧困、の二文字が以前より目につくようになっている。あの頃よりも、実は生き抜くことが難しくなっているかもしれない。みんなが貧しかったあの時代より、持てる者と持たざる者の格差が、そのまま痛みとなって身を、心を苛(さいな)んでいるかもしれない。

それでも。私たちは、あの戦後を生き抜いてきた人々の先を、生きている。今、を生きている。名も無い彼らのその後に続いて、名も無い私たちもまた、どっこい、ふんばって、また一日生きていかねば。ゆっくりでいいから、わずかでもいいから、前へと踏み出していかねば。本書を読むと、自然とそんな気持ちになる。そして、気づくのだ。本書の祈りは、今を生きる私たちへも向けられているのだ、と。

この作品は、二〇一七年八月、光文社より刊行された『GIプリン』を改稿・改題したものです。

本文中に、「パンパン」「オンリー」「孤児院」など、今日の観点からみて不快・不適切とされる用語が含まれています。しかしながら、第二次世界大戦終戦直後の昭和二十年代を舞台とした本作品の根幹となる設定と、当時の社会状況等を考慮した上で、それらの表現についてもそのまま使用しました。侮蔑や差別の助長を意図するものではないことをご理解ください。(編集部)

本扉・目次レイアウト　泉沢光雄
本扉・目次イラスト　はぎのたえこ

光文社文庫

さよならは祈り　二階の女とカスタードプリン

著者　渡辺淳子

2021年11月20日　初版1刷発行

発行者　鈴木広和
印刷　新藤慶昌堂
製本　榎本製本

発行所　株式会社　光文社
〒112-8011　東京都文京区音羽1-16-6
電話　(03)5395-8149　編集部
8116　書籍販売部
8125　業務部

落丁本・乱丁本は業務部にご連絡くだされば、お取替えいたします。
ISBN978-4-334-79269-5　Printed in Japan

組版　萩原印刷